Das Bankett des Teufels

Menü ist ein düsterer und packender Roman, der im Florenz der 1850er Jahre spielt, einer Ära voller Eleganz, sozialer Kontraste und verstörender Geheimnisse.

Lorenzo Bardi, junger Spross einer Adelsfamilie, ist ein aufstrebendes Talent in der Kochkunst. Doch hinter seiner Leidenschaft für das Kochen verbirgt sich eine gequälte Seele und ein perverser Ehrgeiz: ein perfektes Menü aus einer verbotenen und unvorstellbaren Zutat zu kreieren. Seine Opfer, sorgfältig ausgewählt unter den unsichtbarsten Frauen der Gesellschaft, befeuern eine Obsession, die ihn an einen Punkt führt, an dem es kein Zurück mehr gibt.

Auf seinem Weg in die Dunkelheit stößt Lorenzo auf Schlüsselfiguren aus seiner Vergangenheit: Viani, einen rätselhaften Freund der Familie, der sich als sein richtiger Vater entpuppt und verzweifelt versucht, ihn zu retten, und Marco, seinen einzigen Vertrauten, der ihm am Ende bei der Flucht hilft .

Doch jedes Geheimnis hinterlässt Spuren, und als die Köchin der Familie das Tagebuch entdeckt, in dem Lorenzos Verbrechen dokumentiert sind, wird sie geopfert, um den letzten, makabren Akt seines Menüs zu vollenden.

Als dank Viani die Wahrheit ans Licht kommt, flieht Lorenzo und hinterlässt eine Blutspur. Als er in Paris Zuflucht findet, erfindet er sich als talentierter Koch in den exklusivsten Restaurants neu, während seine Gedanken bereits auf neue, obskure Meisterwerke gerichtet sind.

Als Roman, der die Grenzen des menschlichen Wahnsinns, den Wunsch nach Perfektion und die verheerenden Kosten unkontrollierbaren Ehrgeizes erkundet, ist Menu eine Geschichte, die den Leser zwischen Horror und Faszination schweben lässt.

Verlag: BoD · Books on Demand GmbH,
Überseering 33, 22297 Hamburg, bod@bod.de
Druck: Libri Plureos GmbH,
Friedensallee 273, 22763 Hamburg
ISBN: 978-3-7693-7599-2

Ein vielversprechender junger Mann

Florenz, 1850. Die Stadt erwachte langsam, eingehüllt in einen leichten Morgennebel, der jede Ecke stimmungsvoller zu machen schien. Die Glocken der Basilika Santa Croce läuteten leise und kündigten einen neuen Tag an. Die gepflasterten Straßen spiegelten die ersten Sonnenstrahlen wider, als die Händler ihre Stände öffneten und frisches Obst, aromatische Gewürze und farbenfrohe Stoffe ausstellten.

Lorenzo Bardi blickte aus dem großen Fenster seines Zimmers im zweiten Stock des Familiengebäudes. Er war neunzehn Jahre alt, ein junger Mann mit aristokratischen Gesichtszügen, leicht gewelltem braunem Haar und grünen Augen, die jedes Detail einzufangen schienen und gleichzeitig eine fesselnde Aura ausstrahlten. Er trug ein weißes Leinenhemd mit einer bestickten Weste, die seine Zugehörigkeit zu einer der angesehensten Familien in Florenz unterstrich.

„Lorenzo!" rief eine weibliche Stimme aus dem Flur. Es war seine Mutter, Frau Elena Bardi, eine elegante

Frau mit stolzer Haltung. „Das Frühstück ist fertig. Lass uns nicht warten."

„Ich bin gleich da, Mutter", antwortete Lorenzo in einem Ton, der eine leichte Ungeduld verriet. Er stieg die Marmortreppe hinunter, seine leichten Schritte waren in der majestätischen Villa kaum zu hören. Im Speisesaal herrschte bereits lebhaftes Treiben: Sein Vater, Herr Vittorio Bardi, saß am Kopfende des Tisches und las Zeitung, während seine jüngere Schwester Beatrice sich frisches Brot besorgte.

„Guten Morgen, Lorenzo", sagte sein Vater, ohne von der Zeitung aufzublicken. „Hast du schon darüber nachgedacht, was du heute machen wirst?"

„Guten Morgen, Vater. Ich habe darüber nachgedacht, den Markt von San Lorenzo zu besuchen", antwortete Lorenzo und setzte sich an den Tisch. „Ich habe gehört, dass eine neue Lieferung Gewürze aus dem Osten angekommen ist. Ich würde gerne sehen, ob ich etwas Interessantes für meine Rezepte finde."

„Immer mit deinen Gedanken in der Küche und bei den Rezepten", kommentierte Beatrice lachend. „Vielleicht wirst du eines Tages der persönliche Koch des Großherzogs selbst."

Lorenzo lächelte und ignorierte die Provokation seiner Schwester. Kochen war seine Leidenschaft, sein Zufluchtsort, in den er die letzten Jahre seines Lebens investiert hatte. So lange er zurückdenken konnte, fand er Trost darin, Aromen zu mischen und einfache Zutaten in außergewöhnliche Gerichte zu verwandeln. Doch an diesem Morgen verbarg sein Wunsch, den Markt zu besuchen, ein Ziel, das eher einem Entdecker als einem einfachen Besucher ähnelte.

Auf dem Markt von San Lorenzo herrschte geschäftiges Treiben. Die Stände waren voller Kunden, die angeregt mit den Verkäufern feilschten. Lorenzo bewegte sich anmutig durch die Menge und beobachtete sorgfältig jedes Detail. Der Duft von Gewürzen vermischt sich mit dem Geruch von frisch gebackenem Brot und schafft eine unwiderstehliche Atmosphäre.

„Junger Bardi!" Ein Händler begrüßte ihn und hob die Hand. Es war Giuseppe, ein robuster Mann mit einem warmen Lächeln. „Wonach suchen Sie heute, Sir?"

„Etwas Besonderes, Giuseppe", antwortete Lorenzo und näherte sich der Theke. „Hast du noch die Wacholderbeeren, die du mir letztes Mal gezeigt hast?"

„Sicher, sicher. Warte mal", sagte Giuseppe und kramte in seinen Sachen. „Hier bitte. Frisch wie immer."

Lorenzo nahm eine Handvoll Beeren und roch vorsichtig daran. „Perfekt", sagte er und ließ ein paar Bronzemünzen auf der Theke liegen. „Danke,

Giuseppe."

Als er wegging, bemerkte er eine junge Frau, die ihn von einem nahegelegenen Stand aus anstarrte. Sie trug ein einfaches, aber sauberes Kleid und ihre dunklen Augen waren voller Neugier. Lorenzo blickte mit einem Hauch eines Lächelns zurück, bevor er zum entlegensten Teil des Marktes weiterging, wo er wusste, dass er etwas noch Interessanteres finden würde.

Kurz nach Mittag kehrte Lorenzo mit einem Korb voller Zutaten in den Villa zurück. Er ging sofort in die Küche, einen geräumigen und gut beleuchteten Raum, wo die Köchin der Familie, Teresa, bereits das Mittagessen zubereitete.

„Lorenzo!" rief Teresa, als sie ihn eintreten sah. „Haben Sie auf dem Markt etwas Interessantes gefunden?"

„Wie immer, Teresa", antwortete er und stellte den Korb auf den Tisch. „Aber heute möchte ich etwas Besonderes zum Abendessen zubereiten."

"Besonders?" fragte Teresa neugierig.

„Ja. Überlassen Sie es mir", sagte Lorenzo mit einem rätselhaften Lächeln. „Ich habe ein Rezept im Kopf, das jeden überraschen wird."

Teresa nickte und gab ihm Platz zum Arbeiten. Lorenzo begann, die Zutaten zusammenzustellen, während in seinem Kopf ein Plan Gestalt annahm, der sein Leben und das aller, die seine Gerichte probierten, für immer verändern würde.

Lorenzo ordnete die Zutaten sorgfältig auf dem großen Holztisch in der Mitte der Küche an. Das Nachmittagslicht fiel durch die großen Fenster und beleuchtete sein Gesicht, während er jedes Gewürz und Gemüse sorgfältig auswählte. Teresa beobachtete ihn verstohlen und versuchte, einen Hinweis auf sein mysteriöses Rezept zu bekommen.

„Du willst mir wirklich nicht sagen, was dir durch den Kopf geht?" fragte Teresa und versuchte ihre Neugier mit einem lockeren Ton zu verbergen.

„Noch nicht", antwortete Lorenzo mit einem Lächeln, das keinen Raum für weitere Fragen ließ. „Aber ich verspreche, dass es etwas Unvergessliches wird."

Er nahm ein scharfes Messer und begann, die frischen Kräuter fein zu hacken. Jede Bewegung war präzise, fast wie ein Ritual. Das Geräusch des auf das Schneidebrett schlagenden Messers vermischte sich mit dem Knistern des Feuers im Kamin und ergab eine vertraute und beruhigende Symphonie.

Während Teresa sich um andere Dinge kümmerte, nutzte Lorenzo den Moment der Einsamkeit. Er öffnete eine kleine Geheimschublade im Schrank und holte ein in Stoff gewickeltes Glas heraus. Er öffnete es langsam und enthüllte ein dunkles, scharfes Pulver.

„Ein Hauch von Einzigartigkeit", murmelte er vor

sich hin und fügte der Gewürzmischung, die er gerade zubereitete, eine Prise Pulver hinzu.

Der Abend kam schnell und brachte eine gewisse Vorfreude mit sich. Der Speisesaal des Bardi-Palastes wurde für diesen Anlass sorgfältig dekoriert, wobei brennende Kerzen tanzende Schatten auf die verzierten Wände warfen. Der Tisch war mit feinem Porzellangeschirr und Kristallgläsern gedeckt, die im flackernden Licht glitzerten.

Die Gäste, allesamt prominente Mitglieder der florentinischen Gesellschaft, trafen einer nach dem anderen ein. Lorenzo begrüßte sie persönlich und zeigte sein freundlichstes Lächeln.

„Herr Bardi, Ihr Ruhm eilt Ihnen voraus", sagte Graf Alessandro Rinaldi und schüttelte Lorenzo herzlich die Hand. „Ich kann es kaum erwarten, Ihre Kreationen zu probieren."

„Ich werde mein Bestes tun, um Sie nicht zu enttäuschen, Graf", antwortete Lorenzo und verbeugte sich leicht.

Als alle Platz genommen hatten, betrat Lorenzo triumphal die Küche. Teresa, die fleißig bei der Zubereitung mitgeholfen hatte, reichte ihm einen Teller mit einer silbernen Glocke.

"Bereit?" fragte sie mit einer Mischung aus Aufregung und Besorgnis.

„Mehr als bereit", antwortete Lorenzo.

Er brachte den Teller ins Zimmer und stellte ihn mit einer theatralischen Geste in die Mitte des Tisches. Die Gäste sahen mit funkelnden Augen zu, wie er die Glocke hob und einen duftenden, perfekt gebräunten Braten zum Vorschein brachte.

„Meine Damen und Herren", verkündete Lorenzo, „ich präsentiere Ihnen mein besonderes Gericht des Abends: geschmortes Wildschwein mit einer geheimen Mischung aus orientalischer Gewürze."

Ein zustimmendes Murmeln ging durch den Raum. Die Gäste bedienten sich mit Begeisterung, und schon bald war der Raum erfüllt von dem Geräusch von Gabeln, die auf Teller trafen, und von Freudenausrufen.

„Das ist ... göttlich", sagte Gräfin Maria Valiani und legte eine Hand auf ihr Herz. „So etwas habe ich noch nie probiert."

Lorenzo lächelte, aber innerlich klopfte sein Herz schneller. Er wusste, dass dieses Gericht nur der Anfang einer Reise war, die ihn an dunkle und unerforschte Orte führen würde.

Das schicksalhafte Treffen

Die Schatten der Nacht auf den gepflasterten Straßen von Florenz begannen länger zu werden. Die Lichter der Laternen hüllten die Stadt in ein warmes, goldenes Licht und erzeugten eine Atmosphäre der Ruhe, die fast unwirklich wirkte. Lorenzo verließ die Familienvilla mit sicherem Schritt und trug einen langen schwarzen Umhang, der ihn mit den Schatten verschmelzen ließ.

Der junge Mann machte sich auf den Weg in das entlegenste Viertel der Stadt, wo die Lichter der Laternen schwach die bröckelnden Fassaden der Gebäude beleuchteten. In diese Gegend kamen keine Adelsfamilien wie seine, außer ein paar Mitgliedern, die auf der Suche nach etwas Spaß waren, und selbst Lorenzo war in diesen Straßen kein Unbekannter. Er hatte bereits gelernt, sich diskret zu bewegen und übermäßig neugierige Blicke zu vermeiden.

Er kam vor einer von der Zeit abgenutzten Holztür an. Eine über dem Eingang hängende Laterne warf ein flackerndes Licht und enthüllte ein verblasstes Schild mit der Aufschrift „Die Scharlachrote Rose". Es war eines der bekanntesten Bordelle der Stadt, ein Ort, an dem sich Adlige und Kaufleute auf der Suche nach verbotenen Vergnügungen unter das Volk mischten.

Lorenzo stieß die Tür auf und trat ein. Der Innenraum war von einem warmen Licht durchflutet, das von überall verstreuten Kerzen erzeugt wurde. Die Luft war erfüllt von schweren Düften und einem Unterton von Gelächter und Flüstern. Eine reife Frau, die ein rotes Seidenkleid trug und einen Federfächer in der Hand hielt, begrüßte ihn mit einem freundlichen Lächeln.

„Willkommen, Sir. Kann ich Ihnen helfen?"

„Ich suche jemanden ganz Bestimmtes", antwortete Lorenzo mit ruhiger und kontrollierter Stimme. „Eine junge Frau mit dunklem Haar und tiefen Augen."

Die Frau musterte ihn einen Moment lang und dann nickte. „Ich glaube, ich weiß, wen dir gefallen könnte. Folge mir."

Sie führte ihn durch einen schmalen Korridor in ein Zimmer, das mit Teppichen und Kissen dekoriert war. Drinnen wartete eine junge Frau auf ihn. Sie hatte rabenschwarzes Haar, das ihr bis auf die Schultern fiel, und einen Blick, der Neugier und Besorgnis vermischte.

„Guten Abend", sagte sie mit sanfter, aber leicht zitternder Stimme.

Lorenzo lächelte sie an und versuchte, das Mädchen zu beruhigen. „Guten Abend. Mein Name ist Lorenzo. Darf ich Ihren Namen erfahren?"

„Mein Name ist Isabella", antwortete sie und blickte nach unten.

„Isabella, ein wunderschöner Name für eine ebenso bezaubernde Frau", sagte Lorenzo und näherte sich langsam. „Ich würde gerne etwas Zeit mit dir verbringen, wenn du einverstanden bist."

Sie nickte und Lorenzo setzte sich neben sie. Er begann in beruhigendem Ton zu sprechen und fragte sie nach ihrem Leben, ihrer Familie. Isabella, zunächst zögerlich, begann sich zu entspannen und vertraute sich ihm an. Sie erzählte ihm von ihrer Kindheit in einem kleinen Dorf, von der Armut, die sie gezwungen hatte, in die Stadt zu ziehen und im Bordell zu arbeiten.

Während sie sprach, beobachtete Lorenzo jedes Detail ihres Gesichts und prägte sich jede Nuance ein. Sein Verstand arbeitete fieberhaft und plante jeden nächsten Schritt.

Nach etwa einer Stunde stand Lorenzo auf. „Ich muss gehen, aber ich komme bald zurück", sagte er und ließ einen großzügigen Geldbetrag auf dem Tisch liegen. „Danke für deine Zeit, Isabella."

Sie sah ihn überrascht an. „Vielen Dank, Herr Lorenzo."

Als er das Bordell verließ, spürte Lorenzo, wie sein Herz in seiner Brust hämmerte. Es lag nicht an den Emotionen des Treffens, sondern an dem Adrenalin, das ihn bei dem Gedanken, den er in die Tat umsetzte, durchströmte. Isabella wäre perfekt gewesen.

Am späten Abend kam er nach Hause und fand die Küche still und leer vor. Er nahm ein Notizbuch, das in einem doppelten Boden der Schublade versteckt war, und begann, akribische Notizen zu machen. Jedes Detail von Isabella, von ihrer Stimme bis zu ihrem Parfüm, wurde mit obsessiver Präzision notiert. Als er fertig war, gestattete er sich ein zufriedenes Lächeln.

„Jedes große Werk beginnt mit einem kleinen Schritt", murmelte er vor sich hin. *„Und das wird meine sein."*

Der erste Gang

Am nächsten Morgen wachte Lorenzo vor Tagesanbruch auf. Im Palast herrschte absolute Stille, die nur durch das Rascheln der Vorhänge unterbrochen wurde, die von einer leichten Brise bewegt wurden. Er trottete die Treppe hinunter und ging in Richtung Küche. Seine Hände zitterten leicht, als er unter einem großen Kupfertopf ein Feuer anzündete.

Er betrachtete die Zutaten, die er am Vortag sorgfältig ausgewählt hatte: seltene Gewürze, frisches Gemüse und eine kleine Tüte Kräuter, die er auf dem Markt gekauft hatte. Aber diese Zutaten, so ausgezeichnet sie auch sein mögen, waren nicht das Herzstück seines Gerichts.

Er wusste, dass er an diesem Abend die Gelegenheit haben würde, sein „Meisterwerk" zu servieren. Seine Eltern hatten ein exklusives Abendessen für einige Mitglieder der florentinischen Aristokratie organisiert, und Lorenzo hatte sich freiwillig bereit erklärt, sich für das Menü zu kümmern, das begeistert aufgenommen wurde.

Am Nachmittag verließ Lorenzo das Haus erneut

und ging entschlossen in Richtung des Vorstadtviertels, in dem sich das Bordell befand. Die Sonne stand hoch am Himmel, aber die Hitze schien ihr nichts anzufassen. Mit einer selbstbewussten Miene betrat er den Raum von hinten und begrüßte kurz die Oberin, die ihn am Abend zuvor begrüßt hatte.

„Herr Lorenzo, wieder hier?" fragte die Frau mit einem zweideutigen Lächeln.

„Ja, ich muss Isabella wiedersehen", antwortete er höflich, aber bestimmt.

Die Oberin sagte ihm, dass er sich im gewohnten Zimmer befinde. Dort saß Isabella auf einem Kissen, mit einem überraschten, aber glücklichen Gesichtsausdruck, als sie Lorenzo sah.

„Ich hatte nicht erwartet, dich so bald wiederzusehen", sagte sie mit einem schüchternen Lächeln.

„Ich konnte nicht anders", antwortete Lorenzo und setzte sich neben sie. „Es gibt etwas an dir, das mich fasziniert."

Sie redeten eine Weile, aber Lorenzo war sichtlich abgelenkt. Irgendwann stand er auf und nahm Isabella bei der Hand. „Komm mit mir", sagte er sanft, aber auch mit einer Autorität, die sie nicht anzufechten wagte.

Isabella folgte ihm aus dem Zimmer. Sie gingen durch die Hintertür hinaus. Tür, die von Kunden genutzt wird, wenn sie am helllichten Tag die Dienste des Bordells in Anspruch nehmen und so neugierigen Blicken entgehen. Sie gingen durch eine enge, schwach beleuchtete Gasse.

„Wohin gehen wir?" fragte sie mit einem Tonfall der Neugier gemischt mit Besorgnis.

„An einem besonderen Ort", antwortete Lorenzo. „Ein Ort, an dem wir uns entspannt ausruhen können."

Isabellas Körper lag regungslos in dem kleinen Keller, den Lorenzo in sein geheimes Labor verwandelt hatte. Die Hände des jungen Mannes bewegten sich mit chirurgischer Präzision, während sein Herz in einer Mischung aus Aufregung und Entsetzen schlug. Er hatte Monate damit verbracht, Anatomie und medizinische Texte zu studieren und alles zu lernen, was er konnte, um seinen Plan zu perfektionieren.

„Tut mir leid, Isabella", murmelte er mit gebrochen stimme, als er die makabre Arbeit beendete. „Aber dein Opfer wird nicht umsonst sein."

Er sammelte das Fleisch in einem verschlossenen Behälter, wickelte es sorgfältig ein, bevor er es in einen Beutel steckte. Er reinigte jede Spur seiner Arbeit mit obsessiver Akribie und achtete darauf, dass nichts ihn verraten würde.

An diesem Abend glänzte der Speisesaal des Bardi-Villa mit Kerzen und Silberbesteck. Die elegant gekleideten Gäste unterhielten sich angeregt, während sie auf den Beginn des Abendessens warteten. Lorenzo betrat den Raum mit seinem gewohnt selbstbewussten Lächeln und verkündete, dass der erste Gang fertig sei

„Meine Damen und Herren, ich präsentiere Ihnen ein kulinarisches Experiment von mir", sagte er und servierte jedes Gericht persönlich. „Es ist ein Schmorbraten, der mit einer geheimen Mischung aus Gewürzen und Kräutern zubereitet wird. Ich hoffe, es schmeckt Ihnen."

Die Gäste begannen zu essen und bald war der Raum von zustimmendem Gemurmel erfüllt. „Das ist außergewöhnlich", rief der Marquis De Santis, einer der einflussreichsten Männer in Florenz. „So etwas habe ich noch nie probiert."

„Der junge Lorenzo hat ein außergewöhnliches Talent", fügte ein anderer Gast hinzu und applaudierte herzlich.

Lorenzo lächelte und in seinem Inneren spürte er einen Wirbelsturm von Gefühlen, den er bis zu diesem Moment noch nie gespürt hatte. Die Zufriedenheit über den Erfolg seines Gerichts vertrieb jegliche Reue über das Grauen und das, was er getan hatte. Er fühlte sich durch den Erfolg des Abends gerechtfertigt. Er hatte etwas Einzigartiges geschaffen, ein kulinarisches Kunstwerk, das niemand jemals vergessen würde.

Nachdem die Gäste gegangen waren, zog sich Lorenzo erschöpft, aber begeistert in sein Zimmer zurück. Er holte sein Notizbuch heraus, schrieb eine weitere Seite und notierte jedes Detail des Abends: die Reaktionen der Gäste, die Komplimente, die er erhielt, und seine persönlichen Beobachtungen.

„Der erste Schritt ist getan", schrieb er. „Aber das ist erst der Anfang."

Während Lorenzo das Notizbuch weglegte, legte er sich auf das Bett und starrte an die Decke. Er hatte das Gefühl, dass sich etwas in ihm für immer verändert hatte. Er war nicht länger der unschuldige und neugierige Junge, der aus Leidenschaft gerne kochte. Jetzt war er etwas Dunkleres, ein brillanter Geist, gefangen in einem Abgrund der Besessenheit.

In dieser Nacht schlief Lorenzo wenig, aber sein Schlaf war tief und traumlos.

Der Verdächtige

Die Dämmerung malte Florenz mit warmen und zarten Tönen, doch im Palazzo Bardi herrschte bereits eine spannungsgeladene Atmosphäre. Als Lorenzo aufwachte, wurde ihm bewusst, dass das Abendessen vom Vorabend einen unauslöschlichen Eindruck bei den Gästen hinterlassen hatte. Die Komplimente, die er erhielt, hallten immer noch in seinem Kopf wider, aber sie wurden von einem wachsenden Gefühl des Unbehagens begleitet. Es konnte und sollte nicht sein einziger Erfolg bleiben.

Er ging in die Küche und traf dort auf Teresa, die Köchin der Familie, die bereits das Frühstück zubereitete.

„Guten Morgen, Lorenzo", sagte die Frau und blickte ihn mit einem müden Lächeln an. „Das Abendessen war ein Triumph. Die Gäste konnten nicht aufhören, über Ihren Schmorbraten zu reden."

„Danke, Teresa", antwortete Lorenzo und nahm eine Tasse Kaffee. „Ich bin froh, dass sie es wertgeschätzt haben."

„Geschätzt ist wenig", warf sein Vater ein, als er den Raum betrat. Vittorio Bardi war ein robuster und autoritärer Mann mit einem Tonfall, der Respekt einflößte. „Der Marquis De Santis hat mir gesagt, dass wir so schnell wie möglich ein weiteres Abendessen organisieren müssen. Es scheint, dass Sie alle Erwartungen übertroffen haben."

„Es ist mir eine Ehre, Vater", antwortete Lorenzo und verbarg sein Unbehagen hinter einem kontrollierten Lächeln. „Ich werde mein Bestes tun, um nicht zu enttäuschen."

An diesem Tag beschloss Lorenzo, sich etwas Zeit zum Nachdenken zu nehmen. Er verließ den Palast und machte sich auf den Weg zu den Boboli-Gärten, einem Ort, den er schon immer wegen seiner Ruhe gemocht hatte. Als er zwischen den gepflegten Hecken und sprudelnden Springbrunnen entlang spazierte, fühlte er sich für einen Moment frei von der Last der Zustimmung.

Doch der Frieden wurde unterbrochen, als er in der Nähe zwei Männer erbittert streiten sah. Einer von ihnen war ein angesehener Kaufmann mit eleganter Kleidung und einem vom Alter gezeichneten Gesicht. Der andere war ein Gendarm mit einem harten, neugierigen Gesichtsausdruck.

„Ich sage dir, ich weiß nichts!" rief der Kaufmann und hob protestierend die Hände. „Obwohl mein Laden in der Nähe des Bordells liegt, sage ich Ihnen, ich weiß nichts."

„Wenn Sie etwas hören, lassen Sie es uns wissen",

antwortete der Gendarm und ballte die Faust. „Wir haben einige Spuren in der Nähe einer Hütte gefunden. Irgendetwas stimmt nicht."

Lorenzo blieb stehen und beobachtete die Szene aus der Ferne. Er kannte die Einzelheiten nicht, vermutete aber, dass es sich um etwas Ernstes handelte. Er ging zurück und versuchte, nicht aufzufallen, aber das Bild des Bauern, dem vielleicht zu Unrecht etwas vorgeworfen wurde, blieb in seinem Gedächtnis verankert.

An diesem Abend arbeitete Lorenzo erneut in der Küche, diesmal mit der Absicht, etwas weniger Anspruchsvolles zu schaffen. Sie kochte eine einfache Suppe für die Familie, plante aber in Gedanken weiter den nächsten Schritt. Der Erfolg des ersten „Gerichts" hatte ihn ermutigt und er wusste, dass er damit nicht aufhören konnte.

Nach dem Abendessen zog er sich in sein Geheimlabor zurück. Er nahm sein Notizbuch und begann, neue Ideen, neue Rezepte, neue Ziele aufzuschreiben. Sein nächstes Opfer hatte er bereits identifiziert: eine junge Frau, die als Wäscherin in der Nähe des Arno arbeitete. Er hatte seine Bewegungen tagelang beobachtet und seine Gewohnheiten und seinen Zeitplan gelernt.

Wenige Tage später setzte Lorenzo seinen Plan in die Tat um. Er folgte sie zu einem abgelegenen Ort in der Nähe eines Brunnens am Fluss, wo das Mädchen nach der Arbeit oft anhielt, um sich auszuruhen. Mit einer unheimlichen Ruhe näherte er sich sie und gab vor, ein freundlicher Passant zu sein.

„Guten Abend", sagte er mit einem beruhigenden Lächeln. „Sieht aus, als hättest du einen langen Tag gehabt. Kann ich dir etwas zu trinken bringen? Vielleicht etwas Wasser?" fügte er ironisch hinzu.

Das Mädchen nahm zunächst zögernd das Glas entgegen, das Lorenzo ihr reichte. Sie konnte nicht wissen, dass die Flüssigkeit mit einer Substanz vermischt war, die sie innerhalb von Minuten einschläfern ließ.

Als das Mädchen bewusstlos wurde, hob Lorenzo sie mühelos hoch und trug sie zu einem versteckten Karren in der Nähe. Sein Herz klopfte, aber nicht aus Reue. Es war Adrenalin, der Nervenkitzel der absoluten Kontrolle, der ihn antreibt.

Am nächsten Tag machten in der Nachbarschaft am Fluss Gerüchte über das Verschwinden der Wäscherin die Runde. Einige sagten, sie hätten gesehen, wie sie mit einem jungen, gut gekleideten Mann gesprochen habe, aber niemand habe ihn identifizieren können. Die Gendarmen begannen, Fragen zu stellen, doch es gab nur wenige und verwirrende Antworten.

Währenddessen bereitete Lorenzo sein neues Gericht zu. Dieses Mal hatte er beschlossen, einen Braten mit einer würzigen Sauce zu kreieren. Jedes Detail wurde mit äußerster Präzision studiert: die Garzeit, die

Temperatur, die perfekte Geschmackskombination.

„Das wird ein Kunstwerk", murmelte er vor sich hin, während er die Schüssel auf ein silbernes Tablett stellte.

Das nächste Abendessen war ein weiterer Erfolg. Die Gäste machten sich erneut ein Kompliment und lobten Lorenzos Meisterschaft und seine Fähigkeit, einzigartige Aromen zu kreieren. Doch inmitten des Lächelns und des Applaus bemerkte Lorenzo etwas, womit er nicht gerechnet hatte: Ein besonderer Gast, Graf Rinaldi, beobachtete ihn mit einem intensiven und fragenden Blick.

„Junge", sagte der Graf und ging nach dem Abendessen auf Lorenzo zu. „Sie haben ein außergewöhnliches Talent, aber sagen Sie mir: Woher kommt Ihre Inspiration?"

Lorenzo blieb ruhig und antwortete mit einem Lächeln. „Meine Inspiration kommt von meiner Leidenschaft fürs Kochen und meiner Experimentierfreude. Mehr nicht."

Der Graf nickte, aber sein Blick blieb für einige Augenblicke auf Lorenzo gerichtet. Es war klar, dass er etwas gespürt hatte, auch wenn er nicht wissen konnte, was.

In dieser Nacht kehrte Lorenzo mit dem Gefühl der Dringlichkeit in sein Labor zurück. Er musste vorsichtiger und sorgfältiger sein. Der Verdacht war ein gefährlicher Feind, und der kleinste Fehler konnte alles zerstören.

Aber tief in seinem Herzen wusste er, dass er niemals aufhören würde. *Das Bankett des Teufels* hatte gerade erst begonnen.

Das Spinnennetz

Am nächsten Morgen erwachte Florenz unter einem bleiernen Himmel und Regenwolken drohten, die Stadt zu verdunkeln. Im Bardi-Palast saß Lorenzo am großen Holztisch in der Bibliothek, umgeben von Kochbüchern, Karten und Notizbüchern. Er war tief in Gedanken versunken, als das Geräusch des Regens an die Fenster trommelte.

Der Erfolg der letzten Abendessen hatte ihn aufgerüttelt, aber das Gespräch mit Graf Rinaldi am Abend zuvor hatte einen Anflug von Unbehagen in ihm hinterlassen. Die Scharfsinnigkeit des Grafen war ein Risiko, das er nicht ignorieren konnte. Er musste jede Bewegung noch präziser berechnen.

Während sie nachdachte, betrat Beatrice mit einem verschmitzten Lächeln den Raum. „Lorenzo, unsere Vater möchte dich in seinem Arbeitszimmer sehen", sagte sie und lehnte sich gegen den Türrahmen. „Ich glaube, er möchte mit dir über die nächste Veranstaltung sprechen. Es scheint, dass der Marquis De Santis auf einem neuen Abendessen innerhalb einer Woche bestanden hat."

Lorenzo blickte von seinem Schreibtisch auf und nickte. „Danke, Beatrice. Ich gehe sofort."

Lorenzo tauchte im Arbeitszimmer seines Vaters auf, einem schlichten und imposanten Raum, dessen Wände mit Regalen voller Bücher bedeckt waren. Vittorio Bardi saß am Schreibtisch, einen Stift in der Hand und einen Stapel Dokumente vor sich.

„Komm herein, Lorenzo", sagte der Vater, ohne aufzusehen. „Wir haben viel zu besprechen."

„Worum geht es hier, Vater?" fragte Lorenzo und behielt einen respektvollen Ton bei.

„Der Marquis De Santis hat einen wichtigen Abend für seine ausländischen Gäste organisiert", erklärte Vittorio. „Er möchte, dass du die Leitung des Banketts übernimmst. Er spricht in der ganzen Stadt über deine Gerichte und es scheint, dass Sie zum Gesprächsthema unter den Adelsfamilien von Florenz geworden sind."

Lorenzo nahm den Auftrag offensichtlich mit Begeisterung an und verbarg den Wirbelsturm der Gefühle, der ihn durchdrang. Das bedeutete, dass er bald handeln musste, aber mit noch größerer Diskretion. Jeder Schritt musste fehlerfrei sein.

Am nächsten Abend ging Lorenzo in ein Bordell außerhalb der Stadt. Er wusste, dass sein nächstes Ziel dort war. Er hatte bereits eine junge Frau beobachtet, Lucrezia, die als Kellnerin für den Club arbeitete. Sie hatte ein diskretes Gesicht, das leicht zu ignorieren war, und das machte sie perfekt für seine Pläne.

„Guten Abend, Sir", begrüßte ihn die Oberin mit einem wissenden Lächeln. „Suchen Sie etwas oder jemanden Bestimmtes oder sind Sie hier, nur um Spaß zu haben?"

„Ja, ich würde gerne mit Lucrezia sprechen", antwortete Lorenzo ruhig. „Ich sah sie hierherkommen und war beeindruckt von ihrer Freundlichkeit."

Die Frau nickte und deutete damit an, dass es sich nicht um eine ungewöhnliche Bitte handelte, und rief Lucrezia an, die kurz darauf erschien. Sie hatte ein zartes Gesicht und schüchterne Augen und schien von der Aufmerksamkeit eines so gut gekleideten Mannes überrascht zu sein.

„Sir", sagte sie mit einer leichten Verbeugung. "Wie kann ich dir helfen?"

„Ich würde gerne mit Ihnen reden, wenn Sie einen Moment Zeit haben", antwortete er mit einem Lächeln, das jeden beruhigen würde.

Lucrezia stimmte zu und die beiden saßen in einem abgeschiedenen Raum. Lorenzo begann sich mit ihr zu unterhalten und wirkte freundlich und interessiert. Er sprach über seine Herkunft, seine Träume und die Schwierigkeiten, mit denen er konfrontiert war. Langsam baute er eine Verbindung auf und gewann das Vertrauen des Mädchens.

Nach einer Stunde stand Lorenzo auf und hinterließ

Lucrezia eine großzügige Summe. „Ich hoffe, wir sehen uns bald wieder", sagte er mit einem Lächeln.

In den folgenden Tagen studierte Lorenzo sorgfältig Lucrezias Bewegungen. Er lernte ihren Zeitplan, die Orte, die sie besuchte, und die Zeiten, in denen sie allein war. Als alles fertig war, handelte er.

Eines Abends, als Lucrezia durch eine einsame Gasse nach Hause ging, kam Lorenzo auf sie zu. „Lucrezia, was für ein Zufall, dich hier zu treffen", sagte er überrascht. „Darf ich Sie begleiten? Diese Straßen sind ihr nicht sicher."

Lucrezia war froh, ein Gesicht zu sehen, das sie als Freund betrachtete, und nahm das Angebot an. Sie gingen zusammen und unterhielten sich freundlich, bis Lorenzo sie in einen abgelegeneren Bereich führte. Mit einer schnellen Bewegung bedeckte er ihren Mund mit einem mit Chloroform getränkten Taschentuch. Das Mädchen kämpfte kurz, schlief aber bald ein.

Lorenzo brachte sie zu seinem geheimen Versteck, einem Labor, das er in einem verlassenen Keller außerhalb der Stadt eingerichtet hatte. Dort arbeitete er mit chirurgischer Präzision und setzte jeden Schritt seines Plans in die Realität um.

Der Tag des Banketts kam. Der Palast des Marquis De Santis war festlich geschmückt und die Gäste trafen ein, gekleidet in prächtige Kleidung und funkelnden Juwelen. Lorenzo war in der Küche und prüfte jedes Detail der Speisekarte. Als Hauptgericht gab es einen würzigen Braten mit feinen Beilagen, und er war sich sicher, dass es Eindruck machen würde.

Als die Gerichte serviert wurden, verbreitete sich ein erstauntes Gemurmel unter den Gästen. Jeder Bissen war eine Geschmacksexplosion und der Marquis selbst stand auf, um anzustoßen.

„An Lorenzo Bardi, den Maestro, der diesen Abend zu einem unvergesslichen Erlebnis gemacht hat!" rief der Marquis und hob das Glas.

Die Gäste applaudierten herzlich, während Lorenzo bescheiden lächelte. Aber in seinem Herzen verspürte er eine dunkle Freude. Jede Laudatio war eine Hommage an sein Genie, an seine absolute Kontrolle über Leben und Tod.

Als Lorenzo an diesem Abend nach Hause zurückkehrte, hatte er das Gefühl, dass sein Plan perfekt funktionierte. Aber er konnte ein beunruhigendes Detail nicht ignorieren: Graf Rinaldi war beim Bankett anwesend und seine Augen hatten nie aufgehört, ihn zu beobachten.

„Ich muss vorsichtig sein", dachte Lorenzo, während sein Blick in der Dunkelheit der Nacht verloren ging. „Jeder Fehltritt könnte mein Untergang sein."

Der Schatten des Verdachts

Der Regen fiel unaufhörlich auf Florenz, als wolle der Himmel die in seinen verwinkelten Gassen verborgenen Sünden wegwaschen. Lorenzo saß in meditativer Stille in der Bibliothek der Familienvilla. Vor ihm spiegelte sich in einem Glas Rotwein das flackernde Licht der Kerzen. Das Lob, das er beim Bankett des Marquis De Santis erhielt, hatte seinen Ruf gestärkt, aber die Bedeutung seines Geheimnisses wuchs.

Die Anwesenheit des Grafen Rinaldi beim Bankett hatte einen Eindruck bei ihm hinterlassen. Diese aufmerksamen Augen, diese Art zu beobachten, ohne zu sprechen, als ob man versuchen würde, hinter die Oberfläche der Dinge vorzudringen. Lorenzo wusste, dass er vorsichtiger sein musste. Er hatte alles bis ins kleinste Detail geplant, aber er hatte das Gefühl, dass ihn jeder Schritt immer näher an den Rand des Risikos brachte.

Zwei Tage später besuchte Graf Rinaldi die Bardi. Er kam ohne Vorwarnung in Begleitung eines Dieners an. Er trug einen eleganten schwarzen Umhang und einen Stock mit silbernem Knauf. Elena Bardi, stets tadellos in der Rolle der Gastgeberin, begrüßte ihn mit einem warmen Lächeln.

„Graf Rinaldi, was für eine Freude, Sie hier zu haben", sagte sie und führte ihn in die Teestube. „Kann ich Ihnen etwas anbieten? Wein? Tee?"

„Der Tee wird perfekt sein, danke", antwortete der Graf, nahm seinen Hut ab und setzte sich in einen der Samtsessel.

Lorenzo, der im Nebenzimmer war, hörte die Stimme des Grafen und verspürte einen Anflug von Unruhe. Er betrat den Raum mit einem kontrollierten Lächeln. „Graf Rinaldi, was für eine Überraschung. Wem verdanken wir diese Ehre?"

Rinaldi sah ihn aufmerksam an, bevor er antwortete. „Lorenzo, ich wollte Ihnen persönlich für das Bankett im Palazzo De Santis danken. Ihre kulinarische Meisterschaft war Gegenstand vieler Gespräche in der Stadt."

„Ich danke Ihnen, Graf", antwortete Lorenzo und neigte leicht den Kopf. „Es war eine Ehre, einem so prestigeträchtigen Publikum zu dienen."

Der Graf beugte sich leicht vor, mit einem rätselhaften Lächeln. „Ich muss jedoch gestehen, dass mich Ihr Talent fasziniert. Ich habe immer geglaubt, dass Kochen eine Kunst ist, die viel über den Charakter derjenigen verrät, die sie ausüben. Und Sie, Lorenzo, scheinen eine... einzigartige

Herangehensweise zu haben."

Lorenzo blieb ruhig, spürte aber, wie ihm ein Schauer über den Rücken lief. „Ich versuche einfach, mich durch meine Gerichte auszudrücken", sagte er und wählte seine Worte sorgfältig.

Rinaldi antwortete nicht sofort. Er trank einen Schluck Tee und ließ Stille im Raum einkehren. Dann fragte er in lockerem Ton: „Und sagen Sie mir, wie wählen Sie die Zutaten aus? Sie müssen angesichts des Endergebnisses außergewöhnlich sein."

„Ich verlasse mich auf den Markt und meine vertrauenswürdigen Lieferanten", antwortete Lorenzo und lächelte. „Jede Zutat muss perfekt sein, nicht weniger."

Der Graf nickte langsam, aber sein Blick deutete darauf hin, dass er nicht ganz überzeugt war. „Interessant. Vielleicht könnte ich Sie eines Tages zum Markt begleiten, um zu sehen, wie Sie diese Schätze auswählen."

Lorenzo lachte leicht. „Es wäre mir eine Ehre, Graf. Aber ich fürchte, dass der Markt weniger faszinierend ist, als Sie denken."

Als der Graf ging, flüchtete Lorenzo in sein Arbeitszimmer, wo er begann, hektisch in sein Notizbuch zu schreiben. Er schrieb alles auf: die jüngsten Ereignisse, die Worte des Grafen, aufkommende Risiken. Er spürte, dass sein Spiel gefährlich wurde, aber er konnte nicht aufhören. Jeder

Schritt brachte ihn auf einen Punkt zu, an dem es kein Zurück mehr gab.

An diesem Abend beschloss er, sein geheimes Versteck noch einmal aufzusuchen. Er musste sich auf den nächsten Schritt seines Plans vorbereiten, aber auch sicherstellen, dass es keine Hinweise gab, die zu seinem Untergang führen könnten. Der Keller war kalt und feucht, und Lorenzo arbeitete mit wahnsinniger Präzision und überprüfte jedes Instrument und jedes Detail.

Unterdessen verbreiteten sich in der Stadt die Gerüchte über vermisste Frauen. Es gab zwar immer noch wenige Fälle von Verschwundene, aber genug, um Verdacht zu erregen. Eine junge Bauern, Michele, war bereits wegen der mutmaßlichen Entführung eines der Mädchen verhaftet worden. Die Polizei brauchte einen Täter, und Michele, arm und ohne Alibi, war ein leichtes Ziel.

Lorenzo erfuhr von der Neuigkeit, indem er morgens die Zeitung las. Die Nachricht machte ihn seltsam erleichtert. Da ein Sündenbock für das Verschwinden bereits in Gewahrsam war, spürte er, wie sich der Kreis um jemand anderen verengte und sich von ihm entfernte. Aber gleichzeitig verspürte er ein seltsames Gefühl der Kontrolle und Macht, wie ein Puppenspieler, der im Schatten Fäden zieht.

In dieser Nacht lief Lorenzo durch die dunklen Straßen von Florenz, sein schwarzer Umhang umhüllte ihn wie eine zweite Haut. Er war auf dem Weg zu einem anderen Ziel, dem nächsten Teil seines makabren Werks. Sein Ziel war Chiara, eine junge Frau, die als Näherin in einer kleinen Werkstatt in der Nähe des Marktes arbeitete. Er hatte seine Bewegungen bereits beobachtet und seine Zeiten berechnet.

Das Treffen verlief schnell und methodisch. Mit seinem gewohnten Charme überzeugte Lorenzo Chiara, ihm zu vertrauen. Als das Mädchen sich bereit erklärte, ihn zu einem „besonderen Auftrag" zu begleiten, war das Schicksal bereits besiegelt. Wie bei den vorherigen Opfern handelte Lorenzo präzise und schloss jegliche Fehlermöglichkeit aus.

Am nächsten Tag kehrte Graf Rinaldi in die Villa Bardi zurück, diesmal mit einem Ausrede. Er sagte, er wolle sich die Kunstsammlung von Vittorio Bardi ansehen, aber sein eigentlicher Zweck sei es, Lorenzo zu beobachten. Während des Besuchs stellte Rinaldi ein paar harmlose Fragen, aber sein Blick war immer auf den jungen Mann gerichtet.

„Sie haben ein außergewöhnliches Talent, Lorenzo", sagte der Graf und blickte auf ein Bild, das an der Wand hing. „Aber ich glaube, dass in dir viel mehr steckt, als du zugibt."

Lorenzo sah ihn an und bewahrte seine Fassung. „Ich freue mich über das Kompliment, Graf. Aber ich fürchte, ich bin einfacher, als Sie denken."

Rinaldi lächelte. „Vielleicht ja. Oder vielleicht auch nicht. Auf jeden Fall braucht Florenz Genies wie Sie. Ich bin sicher, dass Ihr Name in der Geschichte verankert bleiben wird."

Als der Graf die Villa verließ, spürte Lorenzo, wie ein dunkles Bewusstsein in ihm wuchs. Das Netz, das er gewebt hatte, war kompliziert, aber jeder Faden, den der Graf zog, riskierte, den verborgenen Plan an der licht zu bringen.

Der Beginn der Jagd

Der Frühling begann sich durch die Straßen von Florenz zu schleichen und brachte frische Luft und den Duft der Blumen mit sich, die in den versteckten Gärten blühten. Für Lorenzo brachte diese Saison jedoch eine Menge wachsender Spannung mit sich. Mit jedem Tag wurde das Flüstern des Verdachts und der Anschuldigungen lauter. Das Verschwinden der jungen Frauen begann sich zu einem Netz von Fragen zu verflechten, die nicht einmal durch die Verhaftung von Michele, der Bauern, vollständig ausgelöscht werden konnten. Ihm wurde das Verschwinden eines der Mädchen vorgeworfen, für die anderen war die Suche nach dem Täter noch offen.

Graf Rinaldi seinerseits verhielt sich weiterhin diskret, doch sein Interesse an Lorenzo blieb nicht unbemerkt. Er würde auf den Märkten gesehen, hatte mit einigen Lieferanten gesprochen und das Vertrauen einiger Mitarbeiter von Lorenzo gewonnen. Obwohl er vorsichtig war, schien er entschlossen, tiefer zu graben.

Eines Morgens, als Lorenzo im Esszimmer seinen Kaffee trank, kam seine Mutter Elena mit besorgter Miene herein.

„Lorenzo, hast du die neuesten Nachrichten gehört?" fragte sie und legte eine gefaltete Zeitung auf den Tisch.

„Nein, Mutter. Gibt es irgendetwas Relevantes?" antwortete er und versuchte, seinen Ton neutral zu halten, während er die Zeitung aufhob.

Der Artikel berichtete über die Nachricht eines neuen Verschwindens. Eine junge Frau, Chiara, wurde zuletzt in der Nähe des Marktes gesehen. Die Beschreibungen stimmten mit seinem neuesten Opfer überein. Lorenzo spürte, wie ihm ein Schauer über den Rücken lief, aber sein Gesicht blieb unbeeindruckt.

„Es ist schrecklich", sagte Elena kopfschüttelnd. „Ich verstehe nicht, wie so etwas in unserer Stadt passieren kann."

„Ja", murmelte Lorenzo, schloss die Zeitung und tat so, als würde er desinteressiert wirken. „Die Polizei wird sicherlich beschäftigt sein."

Elena nickte. „Wir hoffen, dass sie eine Lösung und vor allem den Schuldigen finden. Für junge Frauen ist es nicht sicher, alleine herumzulaufen, selbst bei Tageslicht."

Lorenzo deutete ein beruhigendes Lächeln an. „Ich bin sicher, sie werden alles herausfinden."

Als Lorenzo an diesem Abend in der Küche arbeitete, kam Teresa mit ernster Gesichtsausdruck herein. „Lorenzo, kann ich dich kurz sprechen?"

„Natürlich, Teresa. Stimmt etwas nicht?" antwortete er und fuhr fort, Kräuter mit mechanischer Präzision zu hacken.

„Ich habe heute einiges auf dem Markt gehört", begann er mit gesenkter Stimme. „Die Leute reden... sie sagen, dass das Verschwinden kein Zufall sei. Manche Leute glauben, dass es einen Zusammenhang mit bestimmten Adelsfamilien gibt."

Lorenzo blickte auf und begegnete dem besorgten Blick des Köchin. „Wirklich? Und was genau sagen sie?"

„Nichts Konkretes", antwortete sie und verschränkte die Arme. „Aber es scheint, dass Graf Rinaldi Ermittlungen durchführt. Jemand hat gesehen, wie sein Diener seltsame Fragen stellte."

Lorenzo nickte langsam. „Danke, dass du es mir erzählt hast, Teresa. Es ist immer gut zu wissen, was die Leute denken."

Teresa beobachtete ihn einen Moment lang, dann ging sie und ließ ihn mit seinen Gedanken allein.

Die Anwesenheit des Grafen wurde immer beschwerlicher. Lorenzo entschied, dass es Zeit war zu handeln. Er konnte Rinaldi nicht weiter graben lassen. Er musste einen Weg finden, ihn abzulenken oder, wenn nötig, vom Tatort zu entfernen.

Er begann, mithilfe seines Netzwerks diskreter Kontakte Informationen über der Graf zu sammeln. Er entdeckte, dass Rinaldi ein besonderes Interesse an einer jungen Frau namens Sofia hatte, der Tochter eines Kunsthändlers. Der Mann schien sie mit besonderer Aufmerksamkeit zu beschützen, ein Detail, das Lorenzo faszinierend fand.

Eines Abends tauchte Lorenzo auf einer Party auf, die von der Familie des Kunsthändlers organisiert wurde. Die Villa war voller illustrer Gäste und Musik erfüllte die Luft. Lorenzo trug einen eleganten dunklen Anzug und ein makelloses Lächeln und fügte sich mühelos in die Menge ein.

Er bemerkte Sofia sofort. Sie war ein Mädchen von außergewöhnlicher Schönheit, mit braunem Haar, das zu einer einfachen Frisur zusammengebunden war, und einem Lächeln, das den Raum erhellte. Sie war von Bewunderern umgeben, aber Lorenzo wusste, wie man auffällt.

„Miss Sofia", sagte er und näherte sich mit einer leichten Verbeugung. „Mein Name ist Lorenzo Bardi. Es ist mir eine Freude, Sie endlich kennenzulernen."

Sofia sah ihn neugierig an und lächelte dann leicht. „Das Vergnügen liegt bei mir, Herr Bardi. Ich habe von Ihnen und Ihrem kulinarischen Talent gehört. Sie sind jetzt das Gesprächsthema in der Stadt."

„Ich kann sie nur für die Komplimente danken", antwortete Lorenzo und behielt einen höflichen Ton bei. „Aber ich fürchte, ich bin heute Abend nur als einfacher Gast hier, nicht als Koch."

Die beiden begannen sich zu unterhalten und Lorenzo erwies sich als umgänglich und charmant. Doch während er sprach, musterte sein Blick jedes Detail und versuchte herauszufinden, ob er Sofia als Schachfigur in seinem Spiel gegen Rinaldi einsetzen könnte.

Nach diese Abend bemerkte Rinaldi die wachsende Vertrautheit zwischen Sofia und Lorenzo. Obwohl das Mädchen unschuldig schien, wusste der Graf, dass Lorenzo zu schlau war, um sich nur für ein romantisches Interesse zu interessieren. Er beschloss, sich dem jungen Mann zu nähern.

Eines Abends fand sie ihn auf dem Markt, als er sich einige Gewürzstände ansah.

„Lorenzo", sagte der Graf und erschien wie ein Schatten neben ihm. „Wir haben eine gemeinsame Angewohnheit, wie ich sehe."

Lorenzo drehte sich um und verbarg seine Überraschung. „Graf Rinaldi. Was für ein Zufall, Sie hier zu finden."

„Ich glaube nicht viel an Zufälle", sagte Rinaldi mit einem rätselhaften Lächeln. „Vor allem, wenn es um Männer Ihres Kalibers geht."

„Sie schmeichelt mir", antwortete Lorenzo und behielt die Kontrolle. „Aber ich fürchte, deine Worte sind übertrieben."

„Im Gegenteil", beharrte der Graf. „Du bist ein brillanter junger Mann, Lorenzo. Talent, Charme … aber da ist noch etwas mehr. Etwas, das mir entgeht."

Lorenzo lächelte, sagte aber nichts. Die Spannung zwischen den beiden war spürbar, wie ein fester Faden, der kurz vor dem Zerreißen stand.

In dieser Nacht traf Lorenzo eine Entscheidung. Er musste schnell, aber mit äußerster Vorsicht handeln. Sofia wäre der Schlüssel, um der Graf unter Kontrolle zu halten. Allerdings musste sein nächster Schachzug perfekt sein, sonst drohte seine ganze Welt zusammenzubrechen

Eine gefährliche Verstrickung

Die späte Frühlingssonne tauchte Florenz in ein strahlendes Licht, während die Stadt langsam erwachte, ohne sich des Sturms des Misstrauens bewusst zu sein, der in den exklusivsten Kreisen zu wachsen begann. Lorenzo blickte in seinem Arbeitszimmer im Obergeschoss der Villa Bardi aus dem Fenster. Seine Augen suchten die Straßen ab, aber seine Gedanken waren woanders, fest entschlossen, einen Plan zu entwickeln, der es ihm ermöglichen würde, Rinaldis Eindringen zu bewältigen, ohne die Kontrolle über die Situation zu verlieren.

Am späten Vormittag erhielt Lorenzo einen Brief. Der Bote, ein nervös aussehender Junge, reichte es ihm wortlos. Das Siegel auf dem roten Wachs war unverkennbar: Graf Rinaldi. Lorenzo setzte sich an den Schreibtisch und öffnete vorsichtig die Nachricht.

„Herr Bardi,
Es wäre mir eine Ehre, Sie heute Abend zu einem privaten Abendessen in meiner Residenz begrüßen zu dürfen. Ich möchte wichtige Themen besprechen, von

denen ich denke, dass sie für Sie von Interesse sein könnten. Ich vertraue auf deine Anwesenheit.
Beste grüße,
Graf Alessandro Rinaldi. "

Lorenzo beobachtete sorgfältig die elegante und maßvolle Handschrift. Ein privates Abendessen. Es war kein einfacher Zufall, und Lorenzo wusste, dass Rinaldi versuchte, das Wasser auf die Probe zu stellen. Aber die Annahme der Einladung könnte ihm die Möglichkeit bieten, selbst zu handeln.

An diesem Abend erschien Lorenzo in der Residenz des Grafen. Villa Rinaldi, in einer der exklusivsten Gegenden von Florenz gelegen, war ein prächtiges Zuhause, umgeben von gepflegten Gärten und beleuchtet von Laternen, die tanzende Schatten auf die weißen Marmorwände warfen.

Ein Butler begrüßte ihn an der Tür und führte ihn durch einen langen, mit Gemälden und Statuen geschmückten Korridor in ein elegant eingerichtetes Esszimmer. In der Mitte war ein langer dunkler Holztisch mit Kerzenständern und funkelnden Kristallen geschmückt.

„Willkommen, Lorenzo", sagte der Graf und erhob sich vom Kopfende des Tisches. Er trug einen tadellosen schwarzen Anzug und sein Lächeln war freundlich, aber einstudiert. „Es ist schön, dich zu sehen."

„Das Vergnügen liegt bei mir, Graf Rinaldi", antwortete Lorenzo mit einem ebenso maßvollen Lächeln. „Ihre Gastfreundschaft ist außergewöhnlich."

Die beiden Männer setzten sich und das Abendessen begann. Das Essen war ausgezeichnet, eine Abfolge fachmännisch zubereiteter Gerichte, aber Lorenzo wusste, dass der eigentliche Höhepunkt während des Gesprächs serviert werden würde.

„Du bist ein sehr talentierter Mann, Lorenzo", sagte Rinaldi und brach damit das Eis. „Ihr Ruhm als Koch hat selbst die exklusivsten Kreise erreicht."

„Vielen Dank für Ihre freundlichen Worte", antwortete Lorenzo. „Aber ich fürchte, ich bin nur ein Enthusiast. Mehr nicht."

„Seien Sie nicht bescheiden", beharrte der Graf und nippte an seinem Wein. „Ihr Name ist in aller Munde. Meine Neugier geht jedoch über Ihre Kochkünste hinaus."

Lorenzo legte den Kopf leicht schief. „Darüber hinaus? Ich verstehe es nicht."

Rinaldi stellte das Glas auf den Tisch und fixierte es mit durchdringendem Blick. „Florenz ist eine Stadt, die viele Geheimnisse birgt, finden Sie nicht? Und manchmal sind bestimmte Geheimnisse mit ahnungslosen Menschen verbunden."

Lorenzo bewahrte einen unbeirrbaren Gesichtsausdruck. „Natürlich, Graf. Aber was genau meinen Sie?"

„Zu den jüngsten Verschwundenen", sagte Rinaldi ohne zu zögern. „Und die Gerüchte, die im Umlauf sind."

Für einen Moment herrschte Stille im Raum, die nur vom Knistern der Kerzen unterbrochen wurde. Lorenzo trank einen Schluck Wein und machte den Eindruck, sorgfältig nachzudenken. „Das Verschwinden ist ein tragisches Mysterium", antwortete er schließlich. „Aber ich sehe nicht, wie es mich angehen soll. Oder zumindest, was es tun kann, um mich nützlich zu machen?"

Rinaldi lächelte leicht. „Ich habe nicht gesagt, dass sie Sie betreffen. Aber wissen Sie, meine Aufgabe ist es, Nachforschungen anzustellen, und manchmal führen Ermittlungen zu unerwarteten Wegen."

Lorenzo stellte das Glas ab und schaute mit ruhiger Miene. „Ich hoffe, dass Ihre Untersuchung bald zu einer Lösung führt. Niemand hat es verdient, in Ungewissheit zu leben."

Das Gespräch ging den ganzen Abend über weiter, wobei Rinaldi versuchte, den jungen Mann zu befragen, und Lorenzo jede Andeutung geschickt und kaltblütig zurückwies. Am Ende des Abendessens begleitete ihn der Graf zur Tür.

„Vielen Dank für die angenehme Gesellschaft, Lorenzo", sagte Rinaldi. „Ich hoffe, wir sehen uns bald wieder."

„Ich auch, Graf", antwortete Lorenzo und deutete ein Lächeln an. "Guten Abend."

Als er die Villa verließ, spürte Lorenzo, wie das Adrenalin durch seine Adern floss. Es war klar, dass Rinaldi ihn verdächtigte, aber er hatte keine Beweise. Das Spiel wurde jedoch immer gefährlicher und Lorenzo wusste, dass er äußerste Vorsicht walten musste.

Noch am selben Abend kehrte Lorenzo in sein Arbeitszimmer zurück und begann, in sein Notizbuch zu schreiben. Jeder Handgriff, jedes Detail des Abends wurde präzise notiert. Rinaldi war ein gewaltiger Gegner, aber Lorenzo war entschlossen, die Kontrolle zu behalten.

Während er schrieb, begann in seinem Kopf eine neue Idee Gestalt anzunehmen. Um den Grafen abzulenken und die Aufmerksamkeit von ihm abzulenken, musste er eine Ablenkung schaffen. Etwas, das ihn zwingen würde, die Richtung zu ändern. Und dieses Mal würde sein Plan mutiger sein als je zuvor.

„Jede Bewegung ist eine Herausforderung", murmelte er vor sich hin und klappte das Notizbuch zu. „Aber ich kenne das Spiel besser als jeder andere."

Schatten auf der Vergangenheit

Die Tage in Florenz flossen an der Oberfläche weiter wie ein ruhiger Fluss, aber mit starken Strömungen, die jeden zu überwältigen drohten, der sich in ihrem Lauf befand. Trotz seines ruhigen Auftretens und seiner scheinbar normalen Routine spürte Lorenzo das wachsende Gewicht des Misstrauens und seiner eigenen Dunkelheit. Die Ereignisse nahmen eine gefährliche Wendung und der junge Mann wusste, dass ein Fehltritt tödlich sein konnte.

Es war ein strahlender Morgen, als Beatrice, Lorenzos Schwester, mit einem Lächeln auf den Lippen und einem Paket in der Hand sein Arbeitszimmer betrat. „Lorenzo, schau, was ich im alten Familienkoffer gefunden habe", sagte sie und legte das Paket auf seinen Schreibtisch.

Lorenzo, der mit aufgeschlagenem Notizbuch am Tisch saß, blickte auf, genervt von der Unterbrechung. „Beatrice, du weißt genau, dass ich es nicht mag, bei der Arbeit gestört zu werden."

„Oh, hör auf mit deinen Geheimnissen", antwortete sie mit einem Lächeln. „Das sind alte Erinnerungen an unsere Mutter. Ich dachte, es könnte dich interessieren."

Lorenzo näherte sich dem Paket und öffnete es neugierig. Darin befanden sich vergilbte Briefe, ein kleines Ledertagebuch und einige verblasste Fotos. Eines davon erregte sofort seine Aufmerksamkeit: ein Bild seiner Mutter Elena in Begleitung eines Mannes, den Lorenzo nicht kannte. Der Mann hatte ein rätselhaftes Lächeln und einen Blick, der die Kamera zu durchdringen schien.

„Wer ist dieser Mann?" fragte Lorenzo und versuchte, seine Stimme neutral zu halten.
Beatrice zuckte mit den Schultern. „Ich weiß es nicht. Vielleicht ein alter Freund unserer Mutter? Wir könnten unseren Vater fragen, obwohl ich bezweifle, dass er sich an irgendetwas erinnert."

Lorenzo nickte und versteckte das Foto zwischen den Seiten des Tagebuchs. „Danke, Beatrice. Wenn es dir nichts ausmacht, muss ich mich jetzt wieder meiner Arbeit widmen."

Sie schnaubte, verließ aber den Raum, ohne zu protestieren. Als Lorenzo allein war, nahm er das Tagebuch und begann darin zu blättern. Die Seiten waren gefüllt mit Notizen in eleganter Handschrift, Reisedetails, gesellschaftlichen Zusammenkünften und persönlichen Reflexionen. Was seine Aufmerksamkeit jedoch erregte, war eine Passage, in der der Name des Mannes auf dem Foto erwähnt wurde: „Gabriele Viani".

Der Name verfolgte ihn den ganzen Tag. Lorenzo erkannte, dass es in der Geschichte seiner Familie noch etwas anderes gab, etwas, das ihm verborgen geblieben war. Aber dies war keine Zeit, sich ablenken zu lassen; Er musste sich auf Rinaldi und seinen Plan konzentrieren, dem Verdacht zu entgehen.

Als Lorenzo an diesem Abend durch die dunklen Straßen von Florenz spazierte, ging er zu einer Taverne am Rande der Stadt, einem Ort, an dem er bereits einige Leute getroffen hatte, die für seine Zwecke nützlich waren. Er trat ein und der Geruch von verbranntem Holz und Wein stieg ihm in die Nase. An der Theke saß ein kräftiger Mann mit ungepflegtem Bart und grimmigem Blick: Marco, ein Informant, den Lorenzo in der Vergangenheit eingesetzt hatte.

„Marco", sagte Lorenzo und setzte sich neben ihn. „Ich brauche ein Gefallen."

Marco sah ihn misstrauisch an. „Deine Gefälligkeiten sind immer kompliziert, Bardi. Aber sprich."

„Ich muss alles über einen Mann namens Gabriele Viani wissen", sagte Lorenzo. „Und ich möchte auch, dass du eine Stimme in den richtigen Kreisen verbreiten."

„Was für eine Stimme?" fragte Marco und hob eine Augenbraue.

„Dass Graf Rinaldi hat etwas mit dem Verschwinden zu tun", antwortete Lorenzo mit gesenkter Stimme. „Man muss nicht zu viel sagen, gerade genug, um Zweifel zu säen."

Marco dachte einen Moment nach und nickte dann. „Okay. Aber das wird dich teuer zu stehen kommen."

Lorenzo holte eine Tüte Münzen heraus und legte sie auf die Theke. „Ich bezahle sogar noch mehr, wenn die Arbeit diskret erledigt wird."

Marco nahm die Tasche grinsend entgegen. „Wie Sie wünschen, Herr Bardi."

Zu Hause hatte Lorenzo das Gefühl, die Situation unter Kontrolle zu haben. Rinaldi würden durch die sich ausbreitenden Verdächtigungen bald die Hände gebunden sein, und das würde Lorenzo die nötige Zeit geben, ohne Einmischung zu handeln.

Aber das Geheimnis um Gabriele Viani quälte ihn jedoch weiterhin.

Er nahm das Foto und untersuchte es bei Kerzenlicht. Der Gesichtsausdruck des Mannes war beunruhigend, als ob er ein Geheimnis verbarg, das Lorenzo unbedingt entdecken wollte. Er nahm das Tagebuch seiner Mutter wieder zur Hand und las darin bis spät in die Nacht weiter, in der Hoffnung, weitere Hinweise zu finden. Schließlich fand er eine Passage, die ihn erschreckte:

„Gabriele ist ein komplexer Mann, aber sein Wissen über Gewürze und Kräuter ist außergewöhnlich, hat mir viele gelernt und ich muss zugeben, dass er etwas Magnetisches hat. Vittorio sagt jedoch, dass er ist nicht ein Mann, dem man vertrauen kann.

Lorenzo schloss das Tagebuch, sein Herz klopfte wie wild. Wer war Gabriele Viani wirklich? Und warum vertraute ihm sein Vater nicht? War er nur ein Freund seiner Mutter oder steckte da noch etwas anderes dahinter?

Als der Himmel heller wurde, traf Lorenzo einen Entschluss: Er würde Gabriele Viani finden, koste es, was es wolle. Weil er das Gefühl hatte, dass dieser Mann nicht nur der Schlüssel zum Verständnis der Vergangenheit seiner Familie war, sondern auch der Schatten, die sein eigenes Leben zu bedrohen begannen.

Das Echo des Schicksals

Die Tage in Florenz waren nun von einer spürbaren Spannung geprägt, als ob in der Luft Geheimnisse lägen, die darauf warteten, enthüllt zu werden. Obwohl Lorenzo seine makellose „Fassade" beibehielt, war er sich bewusst, dass seine Bewegungen nicht mehr vor den neugierigen Blicken der Stadt sicher waren. Die Gerüchte, die er über Rinaldi verbreitet hatte, trugen Früchte, aber jeder Erfolg schien ihn an dem Punkt, gefährlich näher zu bringen wo es kein Zurück mehr gab.

Es war ein eiskalter Morgen, als Lorenzo eine anonyme Nachricht erhielt. Ein mit schwarzem Wachs versiegelter Umschlag, überbracht von einem Jungen, der sofort verschwand, nachdem er ihn ihm gegeben hatte. Er öffnete es vorsichtig und fand darin eine Notiz in eleganter, aber kalter Handschrift:

„Wenn Sie die Wahrheit über Gabriele Viani suchen, gehen Sie morgen um Mitternacht in die Nähe der Kirche San Miniato al Monte. Kommen Sie allein."

Lorenzo umklammerte den Zettel fest und spürte, wie sein Herz schneller schlug. Wer hätte sein Interesse an Viani kennen können? War es eine Falle oder die Gelegenheit, auf die er gewartet hatte, um mehr über diesen rätselhaften Mann herauszufinden?

Am folgenden Abend herrschte in der Stadt eine unheimliche Stille. Lorenzo, in seinen Umhang gehüllt, bewegte sich vorsichtig auf den Hügel von San Miniato zu. Majestätisch und einsam hob sich die Kirche vom Nachthimmel ab. Die Sterne schienen von oben zuzusehen und Zeugen einer Begegnung zu sein, die alles verändern könnte.

Als er näher kam, hörte er ein leichtes Knarren. Er drehte sich um und spähte in die Schatten, sah aber niemanden. In der Notiz wurde kein konkreter Ort angegeben, aber Lorenzo machte sich auf den Weg zum Kreuzgang, einem Ort, der zu dieser Stunde oft verlassen war.

„Du bist pünktlicher, als ich erwartet hatte", sagte eine tiefe Stimme.

Lorenzo blieb stehen und suchte nach der Quelle. Aus einer dunklen Ecke tauchte ein großer Mann auf, dessen Gesicht teilweise von einem Hut verdeckt wurde. Seine Gestalt war in einen langen schwarzen Mantel gehüllt und seine Augen leuchteten mit unheimlicher Intensität.

"Wer bist du?" fragte Lorenzo und behielt einen ruhigen Ton bei, obwohl sein Herz wie wild schlug.

„Das Wichtigste ist nicht, wer ich bin, sondern was ich weiß", antwortete der Mann. „Sie interessieren sich für Gabriele Viani, oder?"

Lorenzo nickte und ballte die Fäuste, um die Kontrolle zu behalten. „Was wissen Sie über ihn?"

„Viel mehr als du dir vorstellst. Gabriele war nicht nur ein Gewürzkenner und ein Freund deiner Mutter. Er war ein gefährlicher Mann mit einer dunklen Vergangenheit, die ihn mit dieser Stadt verbindet."

Lorenzo trat einen Schritt vor. „Sprich. Ich will alles wissen."

Der Mann lächelte dünn. „Er war ein Alchemist, ein Manipulator. Er studierte Kräuter und Gifte und vermischte Wissenschaft und Aberglauben. Vor allem aber hatte er einen besonderen Einfluss auf die Menschen, ein Charisma, das es ihm ermöglichte, jeden seinem Willen zu unterwerfen."

„Warum kannte meine Mutter ihn?" fragte Lorenzo und spürte einen Knoten in seinem Magen.

„Elena war von ihm fasziniert. Wie viele Frauen war sie von seinem Wissen verzaubert. Aber Vittorio, dein Vater, verjagte ihn, als ihm klar wurde, wer er wirklich   war.
Gabriele verschwand aus Florenz, aber nicht ohne ein Vermächtnis zu hinterlassen, das anscheinend auch bei dir angekommen ist

„Welches Erbe?"

Der Mann trat einen Schritt zurück, eingehüllt in Schatten. „Du wirst es selbst herausfinden, Lorenzo. Aber sei vorsichtig: Die gleiche Dunkelheit, die ihn verzehrt hat, könnte auch dich verzehren."

Bevor Lorenzo weitere Fragen stellen konnte, drehte sich der Mann um, ging weg und verschwand in der Dunkelheit. Allein gelassen fühlte sich Lorenzo von einem Wirbelsturm von Fragen überwältigt. Wer war Gabriele Viani wirklich? Und was bedeutete dieses dunkle Erbe für ihn?

Zu Hause vertiefte sich Lorenzo ins Lernen. Er las jede Notiz, jedes Detail im Tagebuch seiner Mutter noch einmal. Seine Rezepte, seine kulinarischen Intuitionen ... alles begann eine andere Bedeutung zu bekommen. War es möglich, dass seine Leidenschaft für das Kochen, sein Geschick im Umgang mit Zutaten von etwas beeinflusst wurde, das nicht einmal er verstand?

Sein Blick fiel auf einen Satz, den er bis dahin ignoriert hatte: *„Gabriele sagt, dass jeder Geschmack eine Seele hat und jede Seele in einem Gericht eingefangen werden kann."*

Diese Worte ließen ihn erschaudern. Was wäre, wenn seine Gerichte nicht nur Ausdruck kulinarischer Kunst wären? Was wäre, wenn sie etwas Dunkleres wären, etwas, das Gabriele ihm vererbt hatte, ohne dass er sich dessen bewusst war?

Am nächsten Tag erreichten die Gerüchte über Rinaldi ihren Höhepunkt. Die Adliger von Florenz begannen, ihn mit Misstrauen zu betrachten, und Lorenzo wusste, dass sein Plan aufging. Allerdings konnte er die neuen Fragen, die ihn quälten, nicht ignorieren.

Als er an diesem Abend in seinem Arbeitszimmer saß, traf er eine Entscheidung. Er hätte Gabriele Viani gefunden. Es spielte keine Rolle, wie gefährlich er war oder was er opfern musste. Die Wahrheit war das Einzige, was zählte.

Aber eine Stimme in ihm flüsterte, dass diese Suche ihren Preis haben würde. Ein Preis, den er vielleicht nicht zu zahlen bereit war.

Schatten, die zurückkehren

Lorenzo konnte nicht schlafen. Die Last der Enthüllungen über Gabriele Viani bedrückte ihn, und der Gedanke an dieses mysteriöse Treffen in San Miniato hielt ihn wach. Sein Verstand überarbeitete ständig die Worte des Mannes und suchte nach einer verborgenen Bedeutung, einem Hinweis, der ihm helfen könnte, zu verstehen, was er tun sollte.

Lorenzo saß am Schreibtisch in seinem Arbeitszimmer, beleuchtet vom schwachen Licht einer Kerze, und blätterte noch einmal im Tagebuch seiner Mutter. Er suchte nach Verbindungen, nach Spuren jener Vergangenheit, von deren Existenz er bis vor ein paar Tagen noch nichts gewusst hatte. Jede Seite schien etwas Neues zu erzählen, aber auch weitere Fragen zu dem Wirbelsturm hinzuzufügen, der ihn quälte.

Da stieß er auf eine Seite, die ihm zuvor noch nie aufgefallen war. Es war leicht mit den anderen verklebt, als hätte es jemand verstecken wollen. Vorsichtig riss er es auseinander und enthüllte eine oberflächlichere Schrift als der Rest des Tagebuchs.

„Gabriele bestand erneut darauf. Er sagt, das Geheimnis liege in der Verbindung zwischen Essen

und der Seele. Aber ich kann nicht zulassen, dass Lorenzo eingemischt wird. Ich muss diese Tür ein für alle Mal schließen."

Lorenzos Herz begann schneller zu schlagen. Seine Mutter hatte versucht, ihn zu beschützen. Aber wovon? Und warum schien Gabriele so besessen von dieser Idee von Essen und Seele zu sein?

Am nächsten Tag beschloss Lorenzo, früh aufzubrechen, bevor die Stadt vollständig aufwachte. Es war nicht ungewöhnlich, dass er auf der Suche nach Inspiration für seine Gerichte auf den Markt ging oder Florenz erkundete, doch an diesem Morgen hatte er ein bestimmtes Ziel: die Privatbibliothek der Familie Viani, einen Ort, von dem er zwar gehört, den er aber noch nie besucht hatte.

Die Viani-Villa befand sich in einer abgelegeneren Gegend von Florenz, am Rande der Stadt. Ein stiller, fast vergessener Ort. Als Lorenzo ankam, fand er das Gebäude verlassen vor, die Fenster waren mit Staub bedeckt und die Türen waren mit schweren Vorhängeschlössern verschlossen. Doch er ließ sich nicht entmutigen. Nachdem er die Umgebung erkundet hatte, fand er hinten ein teilweise zerbrochenes Fenster und schaffte es, hineinzukommen.

Der Innenraum war ein Durcheinander aus textbezogenen Möbeln, gestapelten Bücherregalen und staubbedeckten Böden. Lorenzo bahnte sich vorsichtig seinen Weg und suchte nach etwas, das ihn zu einer Erklärung führen könnte. Schließlich fand er in einem kleineren, dunkleren Raum etwas, das die Privatbibliothek gewesen sein musste.

Die Regale waren voller alter Bände, von denen viele in Latein oder anderen Sprachen verfasst waren, die Lorenzo nicht beherrschte. Aber was seine Aufmerksamkeit erregte, war ein Buch ohne Titel, das auf einem Rednerpult in der Mitte des Raumes stand. Seine Seiten wirkten aktueller als die anderen Texte, und die Handschrift war seltsam vertraut. Er öffnete es mit zitternden Händen.

„Essen ist Leben, aber es kann auch Tod sein. Jedes Gericht ist eine Hommage an das menschliche Wesen. Die Zutaten sind keine einfachen Bestandteile, sondern Fragmente dessen, was wir sind. Nur durch Opfer kann wahre Perfektion erreicht werden."

Lorenzo spürte, wie ihm ein Schauer über den Rücken lief. Diese Worte schienen ein Echo seiner dunkelsten Gedanken, seiner geheimsten Handlungen zu sein. Er las weiter und fand detaillierte Anweisungen, wie man „die *Essenz*" des Menschen in Gerichten einfängt. Die Beschreibungen waren so präzise, dass sie das Ergebnis jahrelanger Studien und Übungen zu sein schienen.

Als er die Villa verließ und das Buch mitnahm, verspürte Lorenzo eine Mischung aus Angst und Faszination. Gabriele Viani hatte eine Tür zu einer

Welt geöffnet, die sich jedem rationalen Verständnis widersetzte. Aber je mehr er las, desto klarer wurde ihm, dass diese Praktiken nicht nur die Frucht eines kranken Geistes waren: Sie wurzelten in altem Wissen, einem Wissen, das die Grenzen der Wissenschaft zu überschreiten schien.

Als er nach Hause zurückkehrte, schloss er sich stundenlang in seinem Zimmer ein, studierte das Buch und verglich es mit den Notizen seiner Mutter. Jede Seite führte ihn tiefer in einen Abgrund, dessen Grund er nicht sehen konnte. Aber gleichzeitig spürte er, wie eine seltsame Entschlossenheit in ihm wuchs. Wenn er wirklich die Wahrheit herausfinden wollte, musste er ihr auf den Grund gehen, koste es, was es wolle.

An diesem Abend benahm sich Lorenzo beim Abendessen, als wäre nichts passiert. Sein Vater redete über Geschäfte, während seine Schwester Beatrice die neuesten Nachrichten über die Partys der florentinischen obere Mittelschicht erzählte. Lorenzo hörte abgelenkt zu und täuschte Interesse vor.

„Ich habe gehört, dass Rinaldis Sohn verhört wurde", sagte Beatrice einmal. „Es scheint, dass die Polizei ihm auf den Fersen ist."

Lorenzo verbarg ein zufriedenes Lächeln. Sein Plan ging auf. Doch der Gedanke an Gabriele und das Buch hinderte ihn daran, den Moment in vollen Zügen zu genießen.

Nach dem Abendessen zog er sich in sein Arbeitszimmer zurück. Er nahm ein Blatt Papier und begann zu schreiben. Er schrieb alles auf, was er entdeckt hatte, und versuchte, seine Gedanken zu ordnen. Aber es gab eine Frage, die ihn weiterhin quälte: Wo war Gabriele Viani jetzt? Lebte er noch? Und wenn ja, was machte er?

Während er nachdachte, hörte er ein Klopfen an der Tür. „Komm rein", sagte er und versuchte, seinen Ton ruhig zu halten.

Die Tür öffnete sich und Beatrice spähte heraus. „Kann ich reinkommen?"

„Natürlich", antwortete Lorenzo und versteckte das Buch unter einem Stapel Papiere.

Beatrice näherte sich und musterte ihn neugierig. „Du warst in letzter Zeit komisch. Du steckst hier immer fest. Was machst du?"

„Nichts Besonderes", log Lorenzo. „Ich arbeite an einem neuen Rezept."

„Ein Rezept?" Beatrice hob eine Augenbraue. „Du bist doch nicht so besessen von dieser Kochsache, oder? Du weißt, dass sich unsere Mutter darüber Sorgen macht?"

„Es gibt keinen Grund zur Sorge", antwortete er mit einem gezwungenen Lächeln. „Wenn es dir nichts ausmacht, würde ich gerne weiterarbeiten."

Beatrice beobachtete ihn einen Moment lang, dann nickte sie, ging und schloss die Tür hinter sich.

Lorenzo seufzte und wusste, dass er vorsichtiger hätte sein sollen. Aber jetzt konnte ihn nichts mehr aufhalten. Der Weg war klar und er war entschlossen, ihm bis zum Ende zu folgen.

Die Maske der Unschuld

Die ersten Lichter der Morgendämmerung erleuchteten Florenz und streichelten sanft die Türme und Dächer der Häuser. Lorenzo hatte jedoch nicht geschlafen. Er saß an seinem Schreibtisch und sah, Gabriele Vianis Buch, seine Notizen und das Tagebuch seiner Mutter verstreut lagen wie Fragmente eines Rätsels, das er verzweifelt zu lösen versuchte. Jede Seite war ein Fenster in eine dunkle und unbekannte Welt, eine Welt, die eine unwiderstehliche Anziehungskraft auf ihn auszuüben schien. Aber er wusste, dass er vorsichtig sein musste. Jeder Fehltritt konnte Verdacht erregen, und die Maske, die er so sorgfältig konstruiert hatte, konnte im jeden Moment zusammenbrechen. Er musste das Aussehen eines jungen Mannes aus gutem Hause bewahren, der sich dem Kochen widmete und gesellschaftliche Konventionen respektierte. Nur dann konnte er seinen Plan ungehindert weiterführen.

An diesem Morgen erschien Lorenzo wie immer auf dem Markt von San Lorenzo. Er trug einen eleganten Mantel und trug einen leeren Korb bei sich, bereit, ihn mit den besten Zutaten zu füllen, die er finden konnte.

Er begrüßte die Händler höflich, plauderte über dies und das und ließ auf seinem Gesicht nur Ruhe und echtes Interesse erkennen.

„Herr Bardi!" Als er ihn kommen sah, nannte er ihn Giuseppe, den Gewürzhändler. „Ich habe heute etwas Besonderes für dich."

Lorenzo näherte sich neugierig. „Was fandest du besonders, Giuseppe?"

Der Händler hielt einen kleinen Leinenbeutel hoch. „Cayennepfeffer, ist gerade aus Amerika angekommen. Er hat einen intensiven Geschmack, perfekt für Ihre Rezepte."

Lorenzo nahm die Tüte, roch an ihrem Inhalt und spürte die scharfe Schärfe, die ihm in der Nase brannte. „Perfekt", sagte er und ließ ein paar Münzen auf der Theke liegen. „Danke, Giuseppe."

Als Lorenzo seinen Weg zwischen den Ständen fortsetzte, blieb er stehen, um mit anderen Verkäufern zu sprechen und beobachtete aufmerksam deren Waren. Aber seine Gedanken waren woanders. Der Besuch in der Viani-Villa quälte ihn immer noch. Er wusste, dass das Buch nur der Anfang war und er mehr über Gabrieles Vergangenheit herausfinden musste. Allerdings musste er jeder Handgriff genau kalkulieren.

An diesem Abend organisierte Lorenzo ein Abendessen für einige Freunde der Familie. Es war eine gut durchdachte Strategie: Je mehr er sich als der umgängliche und talentierte junge Mann zeigte, den jeder kannte, desto weniger Misstrauen würde er erregen. Der Speisesaal der Villa wurde von Kristallkronleuchtern beleuchtet und der Tisch war sorgfältig dekoriert. Die Gerichte, die Lorenzo zubereitet hatte, waren ein Meisterwerk der Kochkunst: ein mit Blütenblättern dekoriertes Safranrisotto, perfekt zubereitetes Kalbsfilet und zum Nachtisch ein Mandel-Orangen-Kuchen.

„Die Götter selbst würden auf ein solches Bankett neidisch sein", rief einer der Gäste, ein junger Adliger namens Federico Altoviti. „Lorenzo, wie übertrumpfst du dich jedes Mal?"

Lorenzo lächelte bescheiden und erhob ein Glas Wein. „Es ist einfach eine Frage der Leidenschaft und Hingabe, lieber Federico. Kochen ist eine Kunst, und ich versuche, sie nach besten Kräften zu würdigen."

Die Komplimente gingen den ganzen Abend über weiter, während Lorenzo die Gäste aufmerksam beobachtete. Jedes Lächeln, jedes Lachen, jede Geste war eine Bestätigung seines Erfolgs. Aber tief in seinem Inneren wusste er, dass diese Perfektion einen Preis hatte, einen Preis, den nur er kannte.

Nachdem die letzte Kutsche abgefahren war und in der Villa wieder Stille herrschte, zog sich Lorenzo in sein Zimmer zurück. Er nahm das Buch von Gabriele und begann erneut, es zu studieren. Ein Satz erweckte seine Aufmerksamkeit besonders: *„Das wahre*

Geheimnis liegt nicht nur in den Zutaten, sondern auch im das Ritual, das sie mit der Essenz der Seele verbindet. "

Was bedeutete es? Das Essen, das er bisher zubereitet hatte, war zwar außergewöhnlich, hatte aber nie eine tiefere Verbindung. Aber wenn diese Worte wahr wären, gäbe es ein noch größeres Potenzial, einen Grad an Perfektion, den er noch nicht erreicht hatte.

Da erinnerte er sich an ein Detail, das ihm in der Viani-Villa aufgefallen war: ein Gemälde, das ein antikes Bankett mit Figuren zeigte, die halb menschlich und halb dämonisch aussahen. War es möglich, dass dieses Gemälde der Schlüssel zum Verständnis des Rituals war, von dem das Buch sprach? Er musste es herausfinden.

Am nächsten Tag kehrte Lorenzo in die Viani-Villa zurück, doch dieses Mal war er nicht allein. Er brachte ein kleines Notizbuch und eine Laterne mit, entschlossen, jedes Detail des Ortes zu untersuchen. Die Villa schien mit ihrer bedrückenden Stille und den zerstörten Räumen fast einen Hauch von Geheimnis zu atmen.

In der Haupthalle fand er das Gemälde, das ihm schon beim letzten Mal aufgefallen war. Es war ein verstörendes Werk mit dunklen Farben und verzerrten Figuren. Die Augen der Kreaturen schienen ihm zu folgen, wohin er sich auch bewegte, und je mehr er es betrachtete, desto mehr kam es ihm vor, als würde das Gemälde eine Geschichte erzählen. In der Mitte hob ein Mann, der Gabriele auffallend ähnlich sah, eine Tasse, umgeben von Gästen, die an seinen Lippen zu hängen schienen. Unter dem Gemälde fand Lorenzo eine lateinische Inschrift: *„In sacrificium, perfectio."* Opfer und Perfektion. War das die Verbindung zwischen Essen und Seele?

Während er den Satz in sein Notizbuch schrieb, hörte er ein Geräusch hinter sich. Er wirbelte herum, sah aber niemanden. War es nur seine Einbildung? Oder beobachtete ihn jemand? Er verspürte einen Schauer der Angst, aber auch eine Aufregung, die ihn dazu drängte, weiterzumachen.

Als Lorenzo nach Hause zurückkehrte, machte er sich sofort an die Arbeit. An diesem Abend begann er in seiner Küche zu experimentieren, folgte den Anweisungen im Buch und ließ sich von dem Gemälde inspirieren. Er mischte die Zutaten mit gerade zu obsessiver Präzision und versuchte, ein Gericht zu kreieren, das nicht nur technisch perfekt war, sondern auch etwas Tiefgründiges zu vermitteln vermochte.

Als er fertig war, war das Ergebnis ein Gericht, das einem Traum entsprungen zu sein schien: ein Filet, eingewickelt in eine dunkle, glänzende Sauce, garniert mit aromatischen Kräutern und serviert auf einem Bett aus Topinambur creme. Er probierte es ängstlich und versuchte, die „Bindung" zu begreifen, von der das Buch sprach. Aber es passierte nichts. Es war köstlich, ja, aber es fehlte noch etwas. Ein Element, das er nicht verstand, dessen Entdeckung er jedoch immer näher kam.

Als er sich in dieser Nacht endlich ins Bett legte, schloss Lorenzo die Augen mit einem festen Gedanken: Was auch immer Gabrieles Geheimnis war, er würde es finden. Und wenn er es schaffte, würde er ein Maß an Perfektion erreichen, das sich niemand sonst jemals hätte vorstellen können.

Ein Schritt in Richtung Abgrund

Florence erwachte unter einem grauen Himmel voller Wolken, die Regen drohten. Die Straßen waren ruhiger als sonst, als ob die Stadt eine unsichtbare Spannung spürte. Lorenzo achtete jedoch nicht auf das Wetter. Seine Gedanken waren zu sehr mit dem Mysterium beschäftigt, das er auf sich genommen hatte, und den damit verbundenen Implikationen.

Er saß am Küchentisch und starrte auf das aufgeschlagene Notizbuch vor sich. Die aus der Viani-Villa transkribierten Worte quälten ihn weiterhin: *„In sacrificium, perfectio."* Opfer und Perfektion. Diese Kombination schien der Schlüssel zur Enthüllung des Geheimnisses zu sein, das Gabriele Viani in seinen Werken verborgen hatte. Aber welches Opfer war nötig, um diese Perfektion zu erreichen?

Entschlossen, mehr herauszufinden, ging Lorenzo in die Stadtbibliothek. Der große Raum war in eine gedämpfte Stille getaucht, die nur durch das Rascheln der Seiten und die gedämpften Schritte der Besucher unterbrochen wurde. Mit der Zuversicht von jemandem, der jeden Winkel des Ortes kannte, ging er zu der Abteilung, die den alten Texten gewidmet war.

In den staubigen Regalen fand er ein Buch, das vielversprechend aussah:„*Rituale und Symbolik im Florenz der Renaissance.*" Als er die Seiten durchblätterte, stieß er auf ein Kapitel, das rituellen Banketten gewidmet war, alten Praktiken, die Kochkunst und spirituellen Glauben vermischten. Ein Satz erregte sofort seine Aufmerksamkeit:„*Die Bankette waren nicht nur Akte des Teilens von Speisen, sondern echte Rituale, die darauf abzielten, Körper und Geist durch Opfer zu vereinen.*"

Lorenzo vertiefte sich in die Lektüre und entdeckte, dass in einigen Traditionen mit bestimmten Ritualen zubereitete Speisen nicht nur den Geschmack, sondern auch Emotionen, Erinnerungen und sogar Fragmente der Seele derjenigen vermitteln konnten, die zum Bankett beigetragen hatten. War das der Kern von Gabrieles Geheimnis? Wenn ja, dann war das erwähnte „Opfer" nicht nur symbolisch, sondern buchstäblich.

Nachdem er die Bibliothek verlassen hatte, wanderte Lorenzo durch die Straßen von Florenz und dachte über das nach, was er gerade gelesen hatte. Der Regen begann zu fallen und verwandelte die Straßen in Teiche, in denen sich das schwache Licht der Laternen spiegelte. Sein Blick wanderte durch die Menge, bis er bei einer ihm vertrauten Figur stehen blieb: Matilda.

Die junge Frau stand, geschützt durch einen kleinen Regenschirm, vor einem Stand und wollte sich frisches Obst aussuchen. Einen Moment zögerte Lorenzo. Die Erinnerung an ihr letztes Gespräch tauchte in seinem Kopf wieder auf, zusammen mit den Schuldgefühlen, die er versucht hatte zu unterdrücken. Doch dann fasste er seine Kräfte und kam näher.

„Matilda", begrüßte er sie mit einem Lächeln.

Die junge Frau drehte sich um und war überrascht, ihn zu sehen. „Herr Lorenzo! Was für ein Zufall, Sie hier zu treffen."

„Das ist kein Zufall, vielleicht ist es Schicksal", antwortete er leicht scherzhaft. „Wie geht es dir? Kann ich dir beim Einkaufen helfen?"

Sie errötete leicht. „Mir geht es gut, danke. Und dir?"

„Mir auch, aber ich gestehe, dass dieser Tag schöner wäre, wenn ich dich zum Tee einladen könnte. Ich würde gerne etwas Zeit mit dir verbringen."

Matilda zögerte, aber Lorenzos sanfte Beharrlichkeit überzeugte sie. „Okay. Aber nur für kurze Zeit."

Sie fanden sich in einem kleinen Café in der Nähe des Marktes wieder. Der Ort war einladend, mit Holztischen und einem Kamin, der eine beruhigende Wärme verbreitete. Isabella nippte an ihrem Tee und beobachtete Lorenzo mit einer Mischung aus Neugier und Vorsicht.

„Ich muss zugeben", sagte sie nach einer Weile mit leiser Stimme, „dass ich nicht damit gerechnet habe, dich wiederzusehen. Normalerweise suchen Leute, die ins Burlesque-Theater kommen, nichts weiter als ... na ja, wissen Sie." Was"."

Lorenzo senkte den Blick und täuschte leichte Verlegenheit vor. „Ich kann es nicht leugnen, Matilda. Aber du hast etwas Besonderes. Deine Gesellschaft ist wertvoller, als du dir vorstellen kannst."

Sie errötete erneut, antwortete aber nicht. Lorenzo wertete dieses Schweigen als positives Zeichen. Sie unterhielten sich weiter über verschiedene Themen: das Leben in Florenz, Matildas Träume, Lorenzos Leidenschaft fürs Kochen. Mit jedem Wort spürte Lorenzo, dass er ihr und gleichzeitig seinem Ziel immer näher kam.

Als sie sich trennten, hinterließ Lorenzo ein Versprechen: „Ich hoffe, Sie bald wiederzusehen. Ihre Gesellschaft war eine wahre Freude."

Sie lächelte schüchtern. „Vielleicht wird es passieren. Ich wünsche Ihnen einen schönen Tag, Herr Lorenzo."

Zu Hause schloss sich Lorenzo in seinem Zimmer ein, überwältigt von einer Mischung aus Gefühlen. Matilda war nicht nur ein Mittel zu ihrem Zweck; es wurde etwas mehr. Aber sein Wunsch nach Perfektion, seine Obsession mit Gabrieles Geheimnis waren stärker als jedes moralische Zögern.

Er setzte sich an seinen Schreibtisch und öffnete das Tagebuch, das er geführt hatte, seit sein Plan Gestalt angenommen hatte. Jede Seite war eine akribische Chronik seiner Gedanken, seiner Handlungen, seiner Erfolge und seiner Misserfolge. Mit zitternder Hand schrieb er:

„Matilda. Süß und naiv. Vielleicht zu rein für das, was ich tun werde. Aber jedes Opfer erfordert eine Wahl. Und meine Wahl wurde bereits getroffen."

Er legte das Tagebuch weg und gönnte sich ein Glas Wein. Die Nacht war über Florenz hereingebrochen und brachte eine unwirkliche Ruhe mit sich. Lorenzo starrte zum Fenster und beobachtete, wie der Regen gegen das Glas prasselte, während sich sein Herz mit einer Entschlossenheit füllte, die keinen zweiten Gedanken zuließ.

In dieser Nacht traf er die endgültige Entscheidung. Er war bereit, den nächsten Schritt zu tun, wohl wissend, dass es kein Zurück mehr geben würde.

Das nächste Opfer

Florenz war in eine unheimliche Stille versunken, als würde die Stadt selbst den Atem anhalten. Die verlassenen Straßen glitzerten im Mondlicht, das Kopfsteinpflaster glänzte im frischen Regen. Lorenzo ging mit entschlossenem Schritt voran, sein dunkler Umhang verschmolz mit den Schatten der Nacht. Sein Herz hämmerte, nicht aus Angst, sondern aus dem Hochgefühl der Kontrolle, das durch seine Adern strömte.

Er hatte den Ort und die Zeit sorgfältig ausgewählt. Er konnte sich keine Fehler erlauben. Das Burlesque-Theater war bereits zum Mittelpunkt seiner Mission geworden, eine Umgebung, in der das Opfer fast auf einem Silbertablett dargeboten schien. Aber heute Abend würde es nicht Matilda sein.

Die dritte Auserwählte war Lucia, eine Frau mit kastanienbraunem Haar und leuchtend grünen Augen, die für ihre Schönheit und das kristallklare Lachen bekannt war, das durch die Korridore des Theaters hallte. Lorenzo hatte sie seit seinem ersten Besuch bemerkt. Lucia war anders: selbstbewusst und in der Lage, jeden, der sich ihr näherte, mit einem süßen

Wort oder einem verführerischen Blick zu verzaubern. Sie war perfekt.

Er kam kurz vor Mitternacht im Theater an. Die Atmosphäre war so lebhaft wie eh und je: Betrunkene Männer lachten laut, während Frauen sich geschwungen zwischen den Kunden bewegten und Lächeln und Versprechungen machten. Die Besitzerin selbst begrüßte ihn und erkannte ihn sofort. „Herr Bardi, was für eine Freude, Sie wiederzusehen", begrüßte sie ihn mit einem Lächeln. „Darf ich Ihnen Gesellschaft für heute Abend vorschlagen?"

Lorenzo nickte und hielt seinen Blick kalt. „Ich würde gerne Zeit mit Lucia verbringen."

Die Frau musterte ihn und bemerkte die selbstbewusste Ausstrahlung, die er ausstrahlte. „Natürlich. Ich werde sie sofort anrufen."

Wenige Minuten später erschien Lucia am Tisch, gehüllt in ein scharlachrotes Seidenkleid, das ihre Kurven betonte. Ihr Haar glänzte im Kerzenlicht, während ihre grünen Augen Lorenzo mit einer Mischung aus Neugier und Interesse musterten.

„Guten Abend, Herr Bardi", sagte sie und neigte leicht den Kopf. „Was für eine Ehre, Ihr Gesellschaft zu haben."

„Das Vergnügen liegt bei mir, Lucia", antwortete Lorenzo und erhob sich, um ihr seine Hand anzubieten. „Vielen Dank, dass Sie meine Einladung angenommen haben."

Lucia lachte leicht und näherte sich anmutig. „Ich bin hier, um Sie glücklich zu machen, Sir. Wie kann ich meinen Gast am besten bedienen?"

Lorenzo behielt die Kontrolle, sein Lächeln war rätselhaft. „Zunächst möchte ich Sie besser kennenlernen. Ich würde gerne Ihre Geschichte hören, wenn Sie sie teilen möchten."

Die Frau sah ihn an, überrascht von dieser ungewöhnlichen Bitte. Sie war es nicht gewohnt, dass Männer sich nur für ihre körperliche Schönheit interessierten. „Es gibt nicht viel zu sagen, Sir. Ich wurde hier in Florenz in eine arme Familie hineingeboren. Mein Vater arbeitete als Schuhmacher, aber seine Gesundheit ließ ihn zu früh im Stich. Meine Mutter und ich sahen uns gezwungen, alles zu tun, um zu überleben ."

„Und doch hast du es geschafft, dein Leben zu verändern", kommentierte Lorenzo mit einem Anflug von Bewunderung in der Stimme. „Du hast außergewöhnliche Stärke, Lucia."

Sie lächelte und berührte geistesabwesend eine Haarsträhne. „Das Leben ließ mir keine Wahl. Man muss stark sein, um voranzukommen."

Das Gespräch dauerte eine Stunde, in der es Lorenzo gelang, ein Vertrauensverhältnis aufzubauen. Lucia begann sich zu entspannen und genoss die Gesellschaft dieses mysteriösen und faszinierenden

Mannes. Als Lorenzo vorschlug, spazieren zu gehen, akzeptierte sie ohne zu zögern.

Lorenzo empfahl sie, niemandem zu sagen, wen sie treffen sollte und dass er in einer Stunde etwa hundert Meter vom Theater entfernt auf sie warten würde. Nach einer Stunde ging Lucia und ging zum Treffpunkt. Als sie ankam, versicherte sie Lorenzo, dass sie niemandem gesagt hatte, wo und wen sie treffen würde.

Sie überquerten die verlassenen Straßen, wobei Lorenzo ihnen den Weg zu einem abgelegenen Garten am Rande der Stadt zeigte. Der Ort war still, umgeben von hohen Zypressen, die die Sicht versperrten. Ein Brunnen in der Mitte des Gartens plätscherte sanft und sorgte für einen Hauch von Gelassenheit in der Umgebung.

„Es ist ein wunderschöner Ort", bemerkte Lucia und näherte sich dem Brunnen. „Ich wusste nicht, dass Florence so ruhige Ecken versteckt."

„Es ist einer meiner Lieblingsorte", antwortete Lorenzo und beobachtete sie aufmerksam. „Ich wollte es mit dir teilen."

Lucia drehte sich zu ihm um, ihr Gesicht wurde vom Mondlicht beleuchtet. „Sie sind wirklich anders als andere Männer, die ich kenne, Herr Bardi. Ich weiß nicht, was es ist, aber... ich fühle mich sicher bei Ihnen."

Lorenzo näherte sich langsam und sein Herz raste, als er die Worte aussprach, von denen er wusste, dass sie den Punkt markieren würden, an dem es kein Zurück mehr gab. „Lucia, du verdienst nichts weniger als das Beste. Du bist etwas Besonderes."

Sie lächelte, aber bevor sie antworten konnte, bewegte sich Lorenzo. Mit überraschender Geschwindigkeit zog er ein kleines Messer hervor, das in seinem Umhang versteckt war, und richtete es auf sie. Lucias Lächeln verblasste und wurde durch einen Ausdruck reinen Entsetzens ersetzt.

"Was machst du?" flüsterte sie und wich zurück.

„Es tut mir leid", sagte Lorenzo mit leiser und fast sanfter Stimme. „Aber Perfektion erfordert Opfer."

Lucia versuchte zu fliehen, aber Lorenzo packte sie mit unerwarteter Kraft. In der Stille des Gartens ging das gedämpfte Geräusch eines Schreis zwischen den Bäumen verloren, und der Brunnen plätscherte weiter, ohne sich des Verbrechens bewusst zu sein, das in der Nähe stattfand.

Als Lorenzo an diesem Abend in die Villa zurückkehrte, brachte er einen fest verschlossenen Beutel mit. Er ging direkt in die Küche, wo er mit wahnsinniger Präzision ein neues Gericht zubereitete. Jede Zutat war perfekt dosiert, jeder Handgriff kalkuliert.

Als das Gericht fertig war, betrachtete er es zufrieden. Es war ein Kunstwerk, eine Hommage an seine Vision von Perfektion. Aber er wusste, dass dies nur ein Schritt auf einem noch langen Weg war. Und diese Perfektion war noch in weiter Ferne.

Lorenzo saß im flackernden Licht einer Kerze und schrieb in sein Tagebuch:

„Lucia war stark, mutig, aber auch zerbrechlich. Ihre Essenz wird in meinen Gerichten weiterleben und Körper und Geist vereinen. Ich werde nicht aufhören, bis mein Bankett beendet ist."

In dieser Nacht schlief Florence unbewusst, während dem Bild ein weiteres Teil von Lorenzo makabrem Puzzle hinzugefügt wurde.

Der Kreis verengt sich

Die Luft von Florenz, ohnehin voller Gerüchte und Verdächtigungen, schien mit einer dunkleren Energie aufgeladen zu sein. Das jüngste Verschwinden der Frauen aus dem Bordell „Scarlet Rose", der Wäscherin und dem Theater hatte Anlass zur Sorge gegeben. Der mutige und selbstbewusste Bordellbesitzerin war nun aufgeregt. Selbst die treuesten Kunden waren nervös und mieden die Korridore, in denen einst Gelächter und Flüstern widerhallten.

In einer Stadt, die alles mit forschenden Augen beobachtete, hatte sich der erste Klatsch verbreitet und erreichte sogar die Wände der prestigeträchtigsten Häuser. Auch in der Familie Bardi war das Thema zum Gesprächsthema geworden.

Während des Mittagessens wandte sich Beatrice am Tisch Lorenzo zu, ihr Tonfall war locker, aber mit einer seltsamen Schärfe. „Hast du gehört, Bruder? Anscheinend sind mehrere Mädchen in der Stadt verschwunden. Alle reden darüber."

Lorenzo, der ruhig ein Stück Braten schnitt, blickte auf, ohne jede Emotion zu verraten. „Oh? Wirklich?

Ich wusste nichts darüber. Vielleicht sind es nur Gerüchte."

„Das glaube ich nicht", warf der Vater, Herr Vittorio Bardi, ein und runzelte die Stirn, während er an dem Wein nippte. „Ich habe gehört, wie die Bediensteten darüber diskutierten. Niemand scheint zu wissen, was mit ihnen passiert ist, und die Polizei scheint im Dunkeln zu tappen."

Elena, die Mutter, schüttelte besorgt den Kopf. „Schrecklich. Die Stadt wird gefährlich. Wir müssen vorsichtig sein, besonders ihr jungen Leute."

Lorenzo lächelte leicht und versuchte, die Spannung abzubauen. „Mutter, Florenz war schon immer ein lebendiger Ort mit seinen Risiken. Aber ich würde mir keine allzu großen Sorgen machen. Es ist wahrscheinlich, dass dieses Verschwinden mit einer freiwilligen Flucht zusammenhängt."

Das Gespräch verstummte, aber Lorenzo wusste, dass er noch vorsichtiger sein musste. Die Gerüchte waren ein Zeichen dafür, dass sein Spiel Aufmerksamkeit erregte und ein Risiko darstellte.

An diesem Abend flüchtete Lorenzo in die Küche der Villa, seinem Zufluchtsort. Er holte sein Tagebuch heraus und begann, die Einträge zu seinen ersten drei Opfern noch einmal zu lesen. Isabella, die Wäscherin und Lucia waren nicht nur Namen oder Erinnerungen; Sie waren zu einem festen Bestandteil seiner Kochkunst geworden. Jedes Gericht, das er mit ihren

„Zutaten" zubereitet hatte, war auf den Dinnerparty der Familie ein überwältigender Erfolg gewesen.

Aber die Perfektion war noch nicht erreicht. Lorenzo hatte das Gefühl, dass das Bankett, das er im Sinn hatte, mehr erforderte: mehr Komplexität, mehr Emotionen, mehr Opfer.

Sein nächstes Opfer, das hatte er bereits entschieden, würde anders sein. Er hätte sich nicht für eine junge, verletzliche Frau entschieden; Dieses Mal würde sein Ziel eine reifere Figur sein, eine Frau, die Autorität und Macht im Bordell verkörperte.

Sie war die eigentliche Besitzerin der „Scharlachroten Rose", eine Frau, die einfach als Madame Corvina bekannt war. Corvina, französischer Herkunft, war Jahre zuvor in Florenz angekommen und eroberte die Stadt mit ihrer List und ihrem Charme. Das Bordell war seine Schöpfung, und jedes Detail seiner Leitung trug seinen persönlichen Siegel. Lorenzo hatte Corvina bei seinen früheren Besuchen beobachtet. Er hatte seine Fähigkeit bemerkt, seine anmutig zwischen Räumen zu bewegen und dabei Ordnung und Autorität aufrechtzuerhalten, ohne jemals sein Lächeln zu verlieren. Aber hinter dieser Maske der Eleganz hatte Lorenzo einen Anflug von Arroganz entdeckt, der ihn faszinierte.

Es wurde entschieden. Corvina würde die nächste Zutat in seinem Bankett sein.

Der Plan, sich Corvina zu nähern, erforderte tagelange Vorbereitung. Lorenzo kehrte ins Bordell zurück und gab sich dieses Mal als Kunde aus, der um die Sicherheit der Frauen besorgt war.

„Madame Corvina", sagte er in einem ruhigen, aber festen Ton und fand sie in ihrem Privatbüro. „Ich möchte mit Ihnen über eine wichtige Angelegenheit sprechen."

Corvina beobachtete ihn interessiert und bedeutete ihm, sich zu setzen. „Was beunruhigt Sie, Herr Bardi?"

„Das jüngste Verschwinden", begann Lorenzo und starrte ihr in die Augen. „Ich bin ein Mann, der Ihre Arbeit und das sichere Umfeld, das Sie hier geschaffen haben, zu schätzen weiß. Aber ich kann nicht anders, als zu bemerken, dass die Situation zunehmend angespannter wird."

Corvina nickte, ihr Lächeln war kaum sichtbar. „Ich weiß Ihre Besorgnis zu schätzen, Herr Bardi. Ich versichere Ihnen, dass ich alles tue, was ich kann, um die Kontrolle zu behalten. Allerdings sind diese Dinge ... kompliziert."

„Ich verstehe", antwortete Lorenzo und neigte leicht den Kopf. „Und ich habe mich gefragt, ob ich irgendetwas tun kann, um zu helfen."

Corvina schien einen Moment nachzudenken, dann schüttelte sie den Kopf. „Das ist nichts, worüber sich ein Mann Ihrer Position Sorgen machen sollte. Aber ich schätze die Geste."

Lorenzo verließ das Bordell an diesem Abend mit dem Gefühl, er hätte den Samen des Zweifels in Corvinas Geist gesät. Er brauchte, dass sie ihm vertraute und ihn als Verbündeten sah, bevor er handeln konnte.

Die folgenden Wochen waren dem Aufbau einer Beziehung zu Corvina gewidmet. Lorenzo kehrte oft ins Bordell zurück, brachte teure Geschenke mit und erwies sich als freundlich und hilfsbereit. Mit jedem Besuch kam er seinem Ziel einen Schritt näher.

Endlich war es soweit. Lorenzo lud Corvina zu einem privaten Abendessen in der Familienvilla ein, mit dem Vorwand, Geschäfte zu besprechen und ihr die einmalige Gelegenheit zu bieten, ihr Bordell auf eine exklusivere Kundschaft auszudehnen.

Corvina nahm das Angebot an, weil sie die Möglichkeit sah, das Ansehen ihres Unternehmens zu steigern. Das Abendessen fand im elegantesten Raum der Villa statt. Lorenzo hatte alles mit größter Sorgfalt vorbereitet: die Speisekarte, die Beleuchtung, sogar die Anordnung der Blumen auf dem Tisch.

Corvina kam in Schwarz gekleidet an, ihre Haltung war so stolz wie eh und je. „Ich muss zugeben, Herr Bardi, dass dieses Abendessen eine willkommene Überraschung ist", sagte sie und beobachtete den Raum mit aufmerksamen Augen.

„Ich freue mich, dass du angenommen hast", antwortete Lorenzo und begrüßte sie mit einem Lächeln. „Ich dachte, es sei ein guter Zeitpunkt, um interessante Möglichkeiten zu besprechen."

Während des Abendessens verzauberte Lorenzo sie mit brillanten Gesprächen und gutem Wein. Corvina, entspannt und erfreut, schien ihre Deckung aufzugeben.

Als der Abend zu Ende ging, führte Lorenzo sie in den Garten der Villa, unter einem Sternenhimmel. „Ich danke sie für Ihre Gesellschaft, Madame Corvina. Es war ein unvergesslicher Abend."

„Es war mir ein Vergnügen, Herr Bardi", antwortete sie lächelnd.

In diesem Moment handelte Lorenzo. Mit eisiger Präzision zog er das Messer, das er versteckt hatte, und stach auf sie ein, und beendete damit das Leben der Frau, die das Bordell mit solcher Autorität und Hartnäckigkeit geführt hatte.

In dieser Nacht wurde die Küche der Villa erneut zum Schauplatz von Lorenzos makaberem Ritual. Er bereitete ein Gericht zu, das beim nächsten Familienessen serviert werden sollte, eine Hommage an Corvinas Komplexität und Stärke.

Er schrieb in sein Tagebuch: *„Das vierte Stück meines Banketts ist fertig. Jeder Schritt bringt mich der Perfektion näher. Corvina wird nicht vergessen;*

sie wird in den Aromen, die sie inspiriert hat, weiterleben. "

Florence war sich des Monsters, das in seinen Schatten lauerte, wieder einmal nicht bewusst. Aber der Kreis wurde enger, und Lorenzo wusste es.

Die Klinge der Besessenheit

Die Tage nach dem Verschwinden von Madame Corvina waren für die „Scharlachrote Rose" turbulent. Ohne seine Führung geriet das Bordell ins Chaos. Die Mädchen, die einst sorgfältig beschützt und organisiert worden waren, standen ohne Bezugsperson da. Die Spannungen nahmen zu, und einige von ihnen flohen aus Angst um ihre Sicherheit aus der Stadt.

Lorenzo hingegen beobachtete alles aus der Ferne, im Bewusstsein, dass seine Arbeit Gestalt annahm. Doch in ihm machte sich eine neue Unruhe breit. Es war keine Bedauern; dieses Gefühl war ihm fremd. Es war etwas Subtileres, eine Art Leere, die er nicht erklären konnte.

Das Bankett, das große Meisterwerk, das er sich vorgestellt hatte, schien noch immer unvollständig zu sein.

Am Abend öffnete Lorenzo in seinem Zimmer das Tagebuch, das er mit den Einzelheiten seiner Opfer gefüllt hatte. Jede Seite war eine Hommage an ihr Wesen, ihre Geschichten und die Aromen, die sie inspirierten. Allerdings gab es einen Gedanken, der ihn weiterhin quälte: Die Perfektion lag noch in weiter Ferne.

„Es braucht etwas anderes", murmelte er vor sich hin, sein Gesicht wurde vom schwachen Licht einer Kerze beleuchtet. „Ein letztes Element, eine letzte Zutat."

Er dachte an seine Begegnungen zurück, an die Menschen, die seinen Weg gekreuzt hatten. Und da nahm in seinem Kopf eine Idee Gestalt an. Sie wäre nicht irgendein Opfer gewesen. Er wäre jemand, der das Gegenteil von Angst und Verletzlichkeit verkörperte: ein Mann der Macht, jemand, der Stärke und Autorität repräsentierte.

Am nächsten Tag machte sich Lorenzo auf den Weg in die Innenstadt und mischte sich unter die Menschenmassen auf den Kopfsteingepflasterten Straße. Er blieb vor dem Palazzo della Signoria stehen, einem imposanten Gebäude, das mit seiner strengen Präsenz Florenz dominierte.

Dort arbeitete der Hauptmann der Stadtwache, Federico De Medici, ein Mann, der für seine Integrität und die eiserne Faust bekannt war, mit der er Recht übte. Federico war eine respektierte und gefürchtete Persönlichkeit, und sein Tod würde tiefgreifende Auswirkungen haben.

Lorenzo beobachtete den Mann aus der Ferne, während er mit einigen Soldaten sprach. Er hatte eine stolze Haltung, den Kopf hoch erhoben und den fest Blick. Er war kein leicht zu erreichender Mann, aber

Lorenzo wusste, dass seine Fähigkeit, andere zu manipulieren, seine stärkste Waffe sein würde.

In den folgenden Tagen begann Lorenzo, Orte aufzusuchen, an denen er Federico treffen konnte. Er begann, sich diskret in Gespräche einzumischen und baute sich ein Bild von sich selbst als neugierigen und respektvollen jungen Mann auf.

Eines Nachmittags hatte Lorenzo in einem überfüllten Gasthaus endlich die Gelegenheit, direkt mit dem Kapitän zu sprechen.

„Capitano De Medici", begrüßte er ihn und kam mit einem höflichen Lächeln auf ihn zu. „Was für eine Ehre, Sie persönlich kennenzulernen. Ich bin Lorenzo Bardi."

Federico musterte ihn einen Moment lang und nickte dann. „Bardi... Dein Name ist mir nicht neu. Deine Familie ist in ganz Florenz bekannt."

„Danke", antwortete Lorenzo und neigte leicht den Kopf. „Ich bewundere Ihre Arbeit sehr, Kapitän. Dank Ihnen ist Florenz eine sicherere Stadt."

Federico gestattete sich ein schwaches Lächeln. „Wir geben unser Bestes. Aber es gibt immer Herausforderungen."

„Ich bedanke mich", sagte Lorenzo mitfühlend. „Und ich kann mir vorstellen, dass die jüngsten Ereignisse Ihre Arbeit nicht einfacher gemacht haben."

Federico nickte und sein Gesicht wurde ernster. „Die Vermisste sind ein Problem. Und das nicht nur wegen des Chaos, das es verursacht. Es ist eine Frage der Gerechtigkeit. Diese Menschen verdienen es, gefunden zu werden."

„Ich teile deine Gedanken", sagte Lorenzo und sah ihm in die Augen. „Wenn ich Ihnen jemals in irgendeiner Weise helfen könnte, wäre es mir eine Ehre."

Federico beobachtete ihn aufmerksam, als versuche er, die Aufrichtigkeit seiner Worte einzuschätzen. „Ich schätze das Angebot, junger Bardi. Aber das ist Sache des Wachmanns."

Lorenzo lächelte und trat einen Schritt zurück. „Natürlich, capitano. Ich wollte nicht aufdringlich sein. Gerechtigkeit ist einfach ein Wert, den ich zutiefst bewundere."

Dieses Gespräch war nur der Anfang. Lorenzo traf Federico weiterhin mehrmals und baute eine Beziehung auf, die auf falscher Bewunderung und Respekt beruhte. Schließlich gelang es ihr, ihn davon zu überzeugen, an einem privaten Abendessen teilzunehmen, das als Hommage an sein Engagement und seinen Dienst für die Stadt präsentiert wurde.

Am Abend des Abendessens bereitete Lorenzo jedes Detail mit der Präzision eines Alchemisten vor. Das Menü war eine Kombination raffinierter Aromen, die

die letzte „Zutat" seines Meisterwerks hervorheben sollten.

Federico kam pünktlich an und trug eine einfache dunkle Tunika, die seine pragmatische Natur widerspiegelte.

„Vielen Dank, dass Sie meine Einladung angenommen haben, Kapitän", sagte Lorenzo und begrüßte ihn mit einem warmen Lächeln.

„Die Freude liegt bei mir, junger Bardi. Es ist selten, jemanden zu finden, der unsere Arbeit schätzt."

Das Abendessen fand in einer Atmosphäre scheinbarer Herzlichkeit statt. Lorenzo hielt das Gespräch locker, stellte Fragen zu Federicos Arbeit und erzählte Anekdoten über seine Leidenschaft für das Kochen.

Doch als der Abend zu Ende ging und Federico allein mit Lorenzo im Wohnzimmer war, änderte sich die Atmosphäre.

„Capitano", sagte Lorenzo und näherte sich langsam. „Es gibt etwas, das ich dir gerne zeigen würde."

Federico sah ihn neugierig an. „Worum geht es?"

Lorenzo zeigte auf eine halboffene Tür. „Ein Projekt, an dem ich arbeite. Ich denke, Sie könnten interessiert sein."

Federico folgte ihm ins Zimmer, aber sobald er die Schwelle überschritt, handelte Lorenzo. Die Klinge, die er in seinem Ärmel versteckt hatte, schlug mit tödlicher Präzision zu und beendete augenblicklich das Leben des Kapitäns.

In dieser Nacht arbeitete Lorenzo fieberhaft in der Küche der Villa und verwandelte Federico in den letzten Teil seines Banketts. Jedes Detail wurde mit obsessiver Hingabe gepflegt, als würde er eine Symphonie komponieren.

Er schrieb in sein Tagebuch: *„Capitano Federico De Medici. Stärke und Autorität verbinden sich mit Feinheit und Komplexität. Mit ihm ist das Bankett endlich abgeschlossen. Die Perfektion wurde erreicht."*

Doch während er schrieb, spürte Lorenzo ein neues Gewicht in seiner Brust. Die Perfektion, nach der er sich sehnte, brachte nicht die Befriedigung mit sich, die er sich vorgestellt hatte. Im Gegenteil, es hinterließ nur eine tiefere Lücke.

Florence, die ahnungslos schlief, wusste nicht, dass ihre Dunkelheit gerade erst begonnen hatte.

Die Spirale des Verdachts

Am nächsten Tag erschütterte das Verschwinden von Federico De Medici Florenz wie ein Blitz aus heiterem Himmel. Die Nachricht verbreitete sich schnell in den Straßen der Stadt und löste eine Welle der Angst und des Unglaubens aus. Ein solch angesehener Mann, ein Symbol für Sicherheit und Gerechtigkeit, war spurlos verschwunden.

Die von ihrem Kommandanten verwaiste Stadtwache machte sich hektisch auf den Weg und organisierte Durchsuchungen und Verhöre. Die Verdächtigungen vervielfachten sich und mit ihnen die Spannungen. Niemand fühlte sich sicher und Panik breitete sich unter den Bürgern aus.

Währenddessen beobachtete Lorenzo alles mit der kalten Ruhe eines Puppenspielers, der die Fäden seiner Arbeit in der Hand hält. Doch in seinem Inneren veränderte sich etwas. Die Leere, die ihn quälte, wuchs und drohte, ihn zu überwältigen. Es waren keine Schuldgefühle, sondern ein Mangel an Zufriedenheit, der ihn unruhig machte.

Eines Morgens, als Lorenzo in seinem Zimmer war, kam Beatrice ohne anzuklopfen herein und brachte ein Exemplar der Zeitung mit.

„Lorenzo, hast du die Nachrichten gelesen?" fragte sie mit besorgter Miene.

Er blickte von dem Notizbuch auf, in dem er sich Notizen gemacht hatte. "Was ist passiert?"

„Federico De Medici ist verschwunden. Sie suchen überall nach ihm, aber es scheint, dass niemand weiß, wo er sein könnte."

Lorenzo machte ein Zeichen der Enttäuschung und täuschte Überraschung vor. „Wirklich? Was für eine Tragödie. Er war ein respektierter Mann."

„Das war es", bestätigte Beatrice, die auf der Bettkante saß. „Aber es ist seltsam, nicht wahr? Erst Madame Corvina, dann er. Es ist, als hätte es jemand auf die einflussreichen Leute der Stadt abgesehen."

Lorenzo versuchte, einen neutralen Gesichtsausdruck zu bewahren. „Vielleicht ist es nur ein Zufall. Oder vielleicht versucht jemand, Florenz zu destabilisieren."

Beatrice sah ihn einen Moment lang an, als versuche sie, in seinen Augen zu lesen. Dann schüttelte sie den Kopf. „Ich hoffe, dass die Wachen den Verantwortlichen bald finden. Es ist beunruhigend zu wissen, dass jemand so leicht verschwinden kann."

An diesem Abend flüchtete Lorenzo in die Küche, den Ort, an dem er sich am sichersten fühlte. Er bereitete ein raffiniertes Gericht zu, in dem er Aromen kombinierte, die die Spannung und Verwirrung widerspiegelten, die er in seinem Inneren verspürte.

Teresa, die Köchin, beobachtete ihn aus der Ferne und bemerkte, wie er mit wahnsinniger Konzentration arbeitete.

„Lorenzo", sagte sie schließlich und trat näher. „Alles in Ordnung? Du scheinst in letzter Zeit... anders zu sein."

Er blickte auf, überrascht von der Frage. „Mir geht es gut, Teresa. Kochen hilft mir, mich zu entspannen."

„Ich verstehe", antwortete sie, obwohl der Ton ihrer Stimme einen Anflug von Zweifel verriet. „Aber denken Sie daran, dass es manchmal gut ist, mit jemandem zu reden, wenn Sie etwas stört."

Lorenzo deutete ein gezwungenes Lächeln an. „Danke, Teresa. Aber wirklich, mir geht es gut."

Unterdessen wurden die Ermittlungen zu Federicos Verschwinden fortgesetzt. Ein junger Bauer, Giacomo, wurde bereits des Verschwindens eines der Mädchen der „Scharlachroten Rose" verdächtigt und bereits verhaftet und Carlo sofort für das Verschwinden des Kapitäns angeklagt.

Die Nachricht erregte großes Aufsehen und viele fragten sich, ob zwei einfache Landjungen wirklich für solch aufwändige Verbrechen verantwortlich sein könnten. Doch um die Bevölkerung zu beruhigen, drängten die Behörden auf eine schnelle Einstellung des Verfahrens.

Eines Abends ging Lorenzo spazieren. Die Straßen waren verlassen und wurden nur vom schwachen

Licht der Laternen beleuchtet. Er ging zur Piazza della Signoria, wo sich eine kleine Gruppe Bürger versammelt hatte, um über die kürzliche Gefangennahme von Giacomo und Carlo zu diskutieren.

„Ich glaube nicht, dass sie es getan haben", sagte eine ältere Frau. „Das macht keinen Sinn. Sie sind nur Kinder."

„Aber die Beweise sind überwältigend", entgegnete ein Mann. „Sie haben eines seiner Werkzeuge in der Nähe von Federicos Haus gefunden."

„Jeder hätte es dort hinstellen können", beharrte ein anderer.

Lorenzo hörte schweigend zu, sein Gesicht im Schatten verborgen. Jedes Wort war eine Erinnerung an seine Fähigkeit, die Realität zu manipulieren. Aber selbst dieses Gefühl der Kontrolle konnte den Aufruhr in ihm nicht beruhigen.

Als er nach Hause kam, schloss er sich in seinem Zimmer ein und nahm das Tagebuch mit. Er blätterte durch die Seiten und las noch einmal die akribischen Beschreibungen seiner Opfer und ihrer kulinarischen Verwandlungen. Doch an diesem Abend schienen die Worte, die ihm einst Befriedigung verschafften, leer zu sein.

„Vielleicht habe ich mich geirrt. Vielleicht gibt es keine Perfektion."

Der Gedanke traf ihn wie ein Blitz und zum ersten Mal fühlte sich Lorenzo in seiner eigenen Besessenheit gefangen.

Als die Nacht über Florenz hereinbrach, wurde dem jungen Mann klar, dass sein lang erwartetes Meisterwerk ihn in einen Abgrund führen würde, aus dem es kein Zurück mehr gab.

Der Preis des Schweigens

Die Spannungen in Florenz nahmen weiter zu. Da die jungen Bauern Giacomo und Carlo inhaftiert waren und auf ihren Prozess warteten, waren viele davon überzeugt, dass die Verantwortlichen gefunden worden waren. Doch in den Tavernen und Salons der Stadt mehrten sich die Stimmen des Zweifels.

Im Bardi-Palast beobachtete Lorenzo die Ereignisse auf dem Höhepunkt seiner Straflosigkeit. Doch mit jedem Tag schien ein immer schwererer Schatten ihn zu umhüllen. Es war keine Reue: Es war das Wissen, dass sein Plan, egal wie perfekt er war, nicht für immer verborgen bleiben konnte.

Eines Abends, als sie in dem großen, mit antiken Fresken geschmückten Raum zu Abendessen waren, sprach sein Vater, Herr Vittorio, das Thema mit strengem Ton an.

„Diese Stadt ist zu einem Schlangennest geworden", sagte er und stellte energisch sein Weinglas ab. „Wir haben zu viele ungelöste Rätsel. Erst das Verschwinden von Madame Corvina, dann das von Federico De Medici … und jetzt ist sogar von Verschwörungen die Rede."

100

„Glauben Sie wirklich, dass diese Kerle schuldig sind?" fragte Beatrice mit ungewöhnlich ernster Stimme.

„Die Beweise sprechen für sich", antwortete Vittorio bestimmt. „Und die Menschen brauchen Täter, gerade in Zeiten wie diesen."

Lorenzo, der bis dahin geschwiegen hatte, blickte von seinem Teller auf. „Aber was wäre, wenn die Beweise manipuliert worden wären? Ist es nicht möglich, dass jemand beschlossen hat, sie zu beschuldigen?"

Die Worte hinterließen einen Schauer im Raum. Beatrice starrte ihn an, überrascht von seiner Kühnheit, während Vittorio ihn misstrauisch ansah.

„Willst du damit andeuten, dass die Wachen einen Fehler gemacht haben?" fragte der Vater, sein Ton war voller Herausforderung.

„Ich sage nur, dass die Eile, einen Fall abzuschließen, manchmal zu Fehlern führen kann", antwortete Lorenzo und blieb ruhig.

Vittorio schüttelte den Kopf. „Unterschätzen nicht die Intelligenz derjenigen, die ermitteln, Lorenzo. Und denken daran, dass bestimmte Reden unerwünschte Aufmerksamkeit erregen können."

In dieser Nacht beschloss Lorenzo zu handeln. Er konnte nicht zulassen, dass die von seiner eigenen Familie gesäten Zweifel zunahmen. Er zog einen dunklen Umhang an und verließ das Haus in Richtung des Gefängnisses, in dem Giacomo festgehalten wurde.

Die Straßen waren menschenleer und in eine unheimliche Stille gehüllt. Als er in der Nähe des Gefängnisses ankam, blieb er in einer Gasse stehen und beobachtete aufmerksam die Wachen. Er war nicht da, um Giacomo zu befreien, sondern um sicherzustellen, dass der Junge nie sprach.

Am nächsten Morgen erwachte Florence mit einer weiteren schockierenden Nachricht: Giacomo war tot in seiner Zelle aufgefunden worden. Die offizielle Erklärung sprach von einem Selbstmord, doch nicht alle waren überzeugt.

„Das ist zu praktisch", sagte Beatrice beim Frühstück. „Erst wird er angeklagt, und dann nimmt er sich das Leben? Ich bin nicht überzeugt."

„Wenn er schuldig war, konnte er vielleicht die Last seiner Taten nicht ertragen", antwortete Vittorio, offenbar zufrieden mit der Erklärung.

Lorenzo schwieg und konzentrierte sich auf seinen Tee. Er wusste, dass dieser Schritt ihn für eine Weile schützen würde, aber er war sich bewusst, dass sich der Kreis um ihn herum enger machte.

Am Nachmittag fand ihn Teresa, die Köchin, in der Küche, wo er damit beschäftigt war, ein neues Gericht zuzubereiten.

„Lorenzo", sagte sie zögernd, „kann ich mit dir reden?"

„Natürlich", antwortete er, ohne sich umzudrehen.

„Es gibt Gerüchte … über den jungen Giacomo. Die Leute sagen, er sei vielleicht nicht schuldig. Und …" Sie hielt ihre stimme, als überlegte, ob fortfahren sollte.

„Und was, Teresa?"

„Und ich frage mich… weißt du etwas?"

Lorenzo drehte sich langsam um, das Messer immer noch in der Hand. Sein Blick war undurchdringlich. "Wie meinst du das?"

„Nichts, Lorenzo", antwortete Teresa schnell und trat einen Schritt zurück. „Du scheinst in letzter Zeit einfach … anders zu sein."

Er lächelte sie an, ein Lächeln, das seine Augen erreichte. „Mach dir keine Sorgen, Teresa. Alles ist unter Kontrolle."

An diesem Abend schloss sich Lorenzo erneut in seinem Zimmer ein. Er öffnete das Tagebuch, aber anstatt zu schreiben, starrte er lange darauf. Die Pagen schienen ihn anzuklagen, als wäre jedes Wort eine Warnung.

„Wie lange noch?" dachte er, als das Gefühl der Isolation zunahm.

Das Meisterwerk, das er sich vorgestellt hatte, das perfekte Bankett, verwandelte sich in ein Gefängnis. Und Lorenzo verstand, dass er, obwohl er alles bis ins kleinste Detail geplant hatte, das Unvermeidliche nicht kontrollieren konnte: Die Last seiner Taten drohte ihn zu erdrücken.

Die Offenbarung

Die Tage in Florenz flossen wie ein langsamer Fluss, aber unter der Oberfläche verflochten sich weiterhin die turbulenten Strömungen der Angst und des Misstrauens. Die scheinbare Ruhe war nur ein dünner Schleier, der ein wachsendes Unbehagen verdeckte.

Lorenzo verbrachte immer mehr Zeit in der Küche, als könnten seine kulinarischen Kreationen seine inneren Unruhen beruhigen. Jedes Gericht, das er zubereitete, war ein Kunstwerk, eine Hommage an die Perfektion, die er erreichen wollte. Aber hinter der Fassade der Normalität wusste Lorenzo, dass sich der Kreis verengte.

Eines Abends betrat Beatrice die Küche, während Lorenzo mit der Arbeit beschäftigt war.

„Bruder", sagte sie und lehnte sich an die Tür, „ist dir aufgefallen, wie sehr unsere Familie zu einer Insel geworden ist?"

Lorenzo blickte auf, überrascht von der Ernsthaftigkeit in der Stimme seiner Schwester. "Wie meinst du das?"

„Vittorio empfängt weniger Gäste als zuvor und viele unserer Freunde vermeiden es, uns zu besuchen. Giacomos Tod hat auch bei uns Spuren hinterlassen."

Lorenzo lächelte schwach und wandte sich wieder seiner Arbeit zu. „Die Leute vergessen es schnell, Beatrice. Florenz ist eine Stadt, die von Skandalen lebt, sich aber schnell auf andere zubewegt."

„Ich glaube nicht, dass das so einfach ist", antwortete sie und trat näher an den Tisch. „Und dann ist da noch Teresa. Sie hat heute Morgen mit mir gesprochen. Sie sagt, dass sie dich in letzter Zeit anders findet, fast... verstörend."

Lorenzo blieb stehen. Er blickte nicht auf, aber das Messer in seiner Hand blieb in der Luft schweben.

„Und was hast du sie geantwortet?" fragte er ruhig.

„Vielleicht versuchst du nur, mit der Last von allem, was passiert ist, klarzukommen."

Lorenzo sah sie schließlich an. „Danke, Beatrice. Du warst immer meine treueste Verbündete."

Aber tief in ihrem Inneren wusste er, dass die Loyalität ihrer Schwester möglicherweise nicht mehr ausreichen würde.

In dieser Nacht ging Lorenzo wieder hinaus. Dieses Mal war sein Ziel nicht ein weiteres Opfer, sondern eine Begegnung. Er hatte eine anonyme Nachricht erhalten, mit der Bitte, sich auf dem verlassenen Platz vor Santa Croce zu treffen.

Als er ankam, herrschte auf dem Platz eine unheimliche Stille, die nur durch das Geräusch seiner Schritte auf dem Kopfsteinpflaster unterbrochen wurde. Eine Figur erwartete ihn, eingehüllt in einen dunklen Umhang.

„Sind Sie Lorenzo Bardi?" fragte eine tiefe, ruhige Stimme.

„Wer will das wissen?" antwortete Lorenzo und versuchte, die Kontrolle zu behalten.

„Ich überlasse es Ihnen, es zu erraten", antwortete der Mann und enthüllte sein Gesicht. Es war Kommissar De Luca, der für Giacomos Fall zuständige Ermittler.

„Herr Kommissar", sagte Lorenzo und zwang sich zu einem Lächeln. „Was führt dich zu diesem Zeitpunkt hierher?"

„Fragen, junger Bardi. Fragen, die mich seit Wochen quälen. Und Verdächtigungen."

Lorenzo blieb still, jeder Muskel angespannt. „Verdächtig? Ich verstehe es nicht."

De Luca trat einen Schritt vor und blickte mit seinen dunklen Augen auf den jungen Mann. „Sehen Sie, Giacomos Fall ist abgeschlossen, aber etwas stimmt nicht. Zeugenaussagen, Details ... und dann sind Sie da. Der brillante Junge, der Sohn der angesehensten Familie, der immer mehr zu wissen scheint, als er zugibt."

„Wollen Sie mir etwas vorwerfen, Herr Kommissar?" fragte Lorenzo mit eisigem Ton.

„Noch nicht. Aber ich muss Sie warnen: Ihr Name beginnt   sich an Orten herumzusprechen, die Ihnen nicht gefallen werden."

Lorenzo ballte die Fäuste. „Ich habe nichts zu verbergen."

„Das hoffe ich für dich, Bardi. Denn wenn etwas ans Licht kommen würde, könnte dich nicht einmal dein Name schützen."

Zu Hause spürte Lorenzo, wie das Blut in seinen Schläfen pochte. Kommissar De Luca war eine echte Bedrohung und sein Spiel drohte zu scheitern.

Er setzte sich an seinen Schreibtisch, schlug sein Tagebuch auf und begann hektisch zu schreiben. Jeder Gedanke, jeder Plan, jedes Detail wurde mit einer Wut, die er noch nie zuvor empfunden hatte, auf die Seiten gegossen.

„Das Bankett ist fast beendet", schrieb er mit zitternder Hand. *„Aber die Kosten könnten höher sein, als ich gedacht habe."*

Die Wahrheit rückte näher und Lorenzo wusste, dass er sich ihr stellen musste. Aber er war nicht bereit aufzugeben. Noch nicht.

Das Treffen mit Viani

Die Schatten der Nacht hüllten die florentinischen Hügel ein und verbargen die Umrisse eines einsamen Zufluchtsortes zwischen den Olivenbäumen. Lorenzo ging in entschlossenem Tempo einen schmalen und heruntergekommenen Pfad entlang, nur vom schwachen Licht einer Laterne geleitet. Er hatte an diesem Nachmittag eine anonyme Nachricht erhalten, eine dringende Bitte um ein Treffen von Enrico Viani. Die Anweisungen waren präzise und detailliert, als hätte der Mann jeden Aspekt dieses Treffens geplant.

Als Lorenzo das kleine Steingebäude erreichte, ein altes verlassenes Landhaus, öffnete sich die Tür, ohne dass es nötig war anzuklopfen. Viani wartete drinnen auf ihn und stand neben einem brennenden Kamin, der den Raum schwach erhellte.

„Willkommen, Lorenzo", sagte der Mann mit ernster Stimme und voller Autorität, die keiner Formalität bedarf.

Lorenzo trat ein und schloss die Tür hinter sich. „Du hast nach mir gesucht, Viani", sagte er kalt. „Sie haben hart auf dieses Treffen gedrängt. Ich hoffe, es lohnt sich."

Viani beobachtete ihn mit Aufmerksamkeit, seine dunklen Augen schienen direkt in Lorenzos Seele zu blicken. „So wird es sein", antwortete er ruhig. „Setz dich. Wir müssen reden."

Lorenzo blieb stehen, die Arme verschränkt, den Blick auf den Mann gerichtet, den er nur als alten Freund seiner Mutter gekannt hatte. „Ich stehe lieber. Sagen Sie, was Sie zu sagen haben."

Ein bitteres Lächeln erschien auf Vianis Gesicht. „Immer so ungeduldig", kommentierte er. „Darin erinnerst du mich an deine Mutter. Sie konnte es auch nicht ertragen, Zeit zu verschwenden."

Der Name seiner Mutter machte Lorenzo nervös. „Wag es nicht, über sie zu reden", zischte er.

„Das muss ich", antwortete Viani mit festem Ton. „Denn alles, was ich dir heute Abend erzählen werde, dreht sich um sie... und mich. Aber vor allem geht es um dich."

Im Raum breitete sich eine lange Stille aus, die nur vom Knistern des Feuers unterbrochen wurde. Viani holte tief Luft und fuhr fort. „Ich bin nicht nur ein alter Freund von deine Mutter, Lorenzo. Ich bin dein Vater."

Lorenzo starrte ihn mit ausdruckslosem Gesicht an. In seinen Augen lag keine Überraschung, nur kalte Berechnung. „Interessant", lesen Sie abschließend. „Und warum denkst du, dass es mich interessiert?"

Das Einzige, was mir an dir liegt, sind deine kulinarischen Erinnerungen."

Viani schüttelte den Kopf, als hätte er diese Antwort erwartet. „Ich weiß nicht, ob es dich interessiert, aber du musst die Wahrheit wissen. Elena und ich haben uns einmal geliebt. Als sie entdeckte, dass sie schwanger war, war sie Vittorio bereits versprochen. Sie hatte keine andere Wahl. Sie musste ihn heiraten um dir zu schützen, um dir eine sichere Zukunft zu garantieren."

„Eine sichere Zukunft?" wiederholte Lorenzo mit einem ironischen Lächeln. „Und doch reden wir hier in diesem heruntergekommenen Unterschlupf über Geheimnisse und Lügen. Mir kommt es so vor, als hätten Sie beide versagt."

Viani sah ihn mit einem Blick voller Traurigkeit an. „Vielleicht hast du recht. Aber ich bin nicht hier, um mich zu verteidigen oder zu rechtfertigen. Ich bin hier, weil ich weiß, was du getan hast."

Die Worte trafen Lorenzo wie ein Schlag direkt in die Brust. Für einen Moment geriet seine Maske der Gleichgültigkeit ins Wanken. „Ich weiß nicht, wovon du sprichst", sagte er und versuchte, seine Stimme ruhig zu halten.

„Doch, das weist du", erwiderte Viani mit scharfem Ton. „Die vermissten Mädchen. Deine außergewöhnlichen Gerichte, die die florentinische

Elite verzauberten. Sie haben deine Leidenschaft in etwas Dunkles, Monströses verwandelt."

Lorenzo trat einen Schritt vor, seine Augen brannten vor Wut. „Du beschuldigst mich ohne Beweise, alter Mann. Pass besser auf deine Worte auf."

„Ich brauche keine Beweise", antwortete Viani ungerührt. „Ich habe zugesehen, ich habe zugehört. Ich weiß, was du tust, Lorenzo. Und ich weiß, warum du es tust."

Zwischen den beiden Männern herrschte angespanntes Schweigen. Lorenzo kam näher, bis er Viani gegenüberstand. „Und was haben sie dann vor? Mich anzeige? Oder wollen sie mir erlösen, wie der liebevolle Vater, der du nie warst?"

Viani wich nicht zurück. „Ich möchte dich davon abhalten, dich völlig zu zerstören. Du bist mein Sohn, Lorenzo, und ich kann nicht zusehen, wie du in diesen Abgrund fällst."

Lorenzo lachte, ein bitterer und freudloser Ton. „Du bist zu spät angekommen, Viani. Ich habe diesen Abgrund bereits umarmt. Es ist zu spät, um mich zu retten, vorausgesetzt, dass ich gerettet werden möchte."

Viani starrte ihn an, der Schmerz war auf seinem Gesicht deutlich zu erkennen. „Es ist nie zu spät", sagte er überraschend ruhig. „Aber man muss es wollen. Man muss sich für eine Veränderung entscheiden."

Lorenzo sah ihn an und sein Gesicht wurde wieder zu einer undurchdringlichen Maske. „Ich schätze Ihren Versuch, Viani. Aber ich bin nicht an einer Wiedergutmachung interessiert. Und ich rate Ihnen, sich nicht weiter einzumischen."

Er drehte sich um, um zu gehen, aber Viani sprach erneut mit fester Stimme. „Wenn du so weitermachst, wirst du am Ende zerstört. Und ich werde es nicht kampflos zulassen."

Lorenzo blieb im Türrahmen stehen, ohne sich umzudrehen. „Dann viel Glück", sagte er kühl, bevor er in der Nacht verschwand.

Viani blieb regungslos stehen, sein Blick war auf die geschlossene Tür gerichtet. Er wusste, dass Lorenzo nun in einer Welt der Dunkelheit verloren war, aber er würde nicht aufgeben. Er hatte einen Plan und würde alles tun, um seinen Sohn zu retten, selbst wenn das bedeutete, dass er sich seinen Dämonen direkt stellen musste.

Der letzte Akt

Die Nacht hüllte Florenz in eine stille und dichte Decke, unterbrochen nur vom Rascheln der Blätter und dem fernen Läuten der Glocken. Lorenzo ging stetig durch die gepflasterten Straßen, seine Gedanken waren auf einen einzigen Gedanken konzentriert: seine Arbeit zu erledigen. Das Menü, das die gastronomische Geschichte der Stadt entscheidend prägen sollte.

Er hatte sein neuestes Opfer sorgfältig ausgewählt, eine junge Frau namens Bianca. Bianca arbeitete als Sängerin in einem Club am Rande der Stadt und fiel mit ihrer Engelsstimme und ihrem zarten Gesicht auf. Sie war perfekt: eine letzte süße Note zum Abschluss seiner Sinfonie des Schreckens.

Lorenzo wusste jedoch nicht, dass Enrico Viani ihm folgte. Wochenlang hatte der alte Mann seine Bewegungen beobachtet, Beweise und Details gesammelt und nach dem richtigen Moment gesucht, um einzugreifen. An diesem Abend hatte Viani beschlossen, zu handeln.

Lorenzo erreichte den Club, in dem Bianca auftrat. Er trat unbemerkt ein, sein Gesicht war von einem breitkrempigen Hut verdeckt. Die junge Frau stand auf der Bühne und ihre klare Stimme erfüllte den Raum. Lorenzo blieb im Schatten und beobachtete sie aufmerksam. Jede Note, jede Geste, jede Nuance seines Gesichts wurde in seinem Kopf aufgezeichnet.

Als Bianca ihren Auftritt beendet hatte und zum Hinterausgang ging, folgte ihr Lorenzo. Er wartete, bis sie allein war, bis die Straße verlassen war.

„Bianca", rief er leise und trat aus den Schatten.

Sie drehte sich überrascht um. „Ja? Wer bist du?"

Lorenzo lächelte sie an, sein Gesicht war ein Bild der Ruhe. „Ein Bewunderer. Ihre Stimme ist außergewöhnlich. Ich würde gerne mit Ihnen über einen Vorschlag sprechen, etwas, das Ihr Leben verändern könnte."

Bianca zögerte, aber Lorenzos sanfter Ton schien aufrichtig. „Worum es geht?" fragte sie und beugte sich etwas näher vor.

„Eine Chance", antwortete Lorenzo und sein Lächeln wurde breiter. „Aber nicht hier. Es gibt einen ruhigen Ort, an dem wir reden können."

Bianca trat einen Schritt zurück, ihr Instinkt riet ihr, vorsichtig zu sein. „Ich weiß nicht, ob das eine gute Idee ist…"

„Es gibt nichts zu befürchten", unterbrach Lorenzo sie mit einer Stimme, die viele fasziniert hatte. „Ich verspreche sie, dass in ein paar Minuten alles klar sein wird."

Bevor sie antworten konnte, unterbrach eine raue Stimme den Moment. „Beweg dich nicht, Lorenzo."

Lorenzo drehte sich plötzlich um und sah sich Viani gegenüber, der mit hartem Blick aus dem Schatten auftauchte. Bianca sah den Mann verwirrt an, erkannte aber sofort, dass etwas nicht stimmte.

"Wer bist du?" fragte sie mit zitternder Stimme.

„Jemand, der dir helfen will", antwortete Viani, ohne Lorenzo aus den Augen zu lassen. „Geh weg. Jetzt. "

Bianca zögerte nur einen Moment, dann rannte sie davon und verschwand in der Nacht. Lorenzo blieb still und starrte Viani mit einem Blick voller Wut und Überraschung an.

„Du hättest nicht aufdringlich sein sollen", sagte Lorenzo mit leiser, aber bedrohlicher Stimme.

„Das konnte ich nicht noch einmal zulassen", antwortete Viani und näherte sich langsam. „Dieser Wahnsinn muss aufhören, Lorenzo."

„Du verstehst nichts", erwiderte der junge Mann mit vor Frustration gebrochener Stimme. „Es ist kein Wahnsinn. Es ist Kunst. Es ist Perfektion."

„Es ist der Tod", antwortete Viani bestimmt. „Und ich werde dich nicht weitermachen lassen. Du bist mein Sohn, Lorenzo, und selbst wenn du dich verirrt hast, werde ich dich nicht im Stich lassen."

Lorenzo brach in Gelächter aus, ein bitterer und freudloser Laut. „Dein Sohn? Du hast kein Recht, mich so zu nennen. Du bist nur ein alter Mann, der nicht weiß, wann er aufgeben soll."

„Aufgeben ist keine Option", sagte Viani. „Nicht, wenn es noch eine Chance gibt, dich zu retten."

Lorenzo schüttelte den Kopf und trat einen Schritt zurück. „Ich muss nicht gerettet werden. Ich muss beenden, was ich begonnen habe."

Viani bewegte sich schnell und packte Lorenzo am Arm. „Das wirst du nicht", sagte er, sein Tonfall war voller Entschlossenheit. „Diesmal nicht."

Lorenzo versuchte sich zu befreien, aber Vianis Griff war überraschend stark. Die beiden Männer kämpften einige Momente, aber es war klar, dass Viani nicht aufgeben würde.

„Lass mich gehen!" schrie Lorenzo und seine Wut verwandelte sich in Verzweiflung.

„Ich kann nicht", antwortete Viani, sein Gesicht war eine Maske des Schmerzes. „Ich kann nicht zulassen, dass du dich selbst und andere zerstörst."

Schließlich hörte Lorenzo auf, sich zu wehren, sein Atem ging schwer. Er blickte Viani mit gemischten Gefühlen an: Wut, Schmerz, vielleicht sogar eine Spur von Reue.

"Was willst du von mir?" fragte er schließlich, seine Stimme war ein Flüstern.

„Ich möchte, dass du aufhörst", sagte Viani mit sanfter, aber fester Stimme. „Ich möchte, dass du dich entscheidest zu leben und diese Dunkelheit hinter dir zu lassen."

Lorenzo starrte ihn lange an, sein Gesicht war nicht zu erkennen. Dann drehte er sich wortlos um, ging weg und verschwand in der Nacht.

Viani blieb regungslos und mit schwerem Herzen stehen. Er wusste, dass dies nicht das Ende war, aber zumindest hatte er verhindert, dass ein weiteres Verbrechen begangen wurde. Vielleicht hatte er in Lorenzo den Grundstein für eine Veränderung gelegt. Aber die Zukunft war ungewiss und der Schatten dessen, was Lorenzo getan hatte, lauerte weiterhin auf beiden.

Der fehlende Akt

Die Küche der Villa war in eine unheimliche Stille getaucht. Teresa, die Köchin der Familie, bewegte sich im Schatten des Abends und ordnete die letzten Utensilien neu, die nach dem Abendessen fehl am Platz waren. Der junge Herr Lorenzo war in ihr Zimmer hinaufgegangen und hatte sie allein in der Umgebung gelassen, die jahrelang ihr Reich gewesen war.

Als sie einen Stapel Teller in den Schrank neben dem großen Tisch in der Mitte stellte, fiel sein Blick auf eine leicht geöffnete Schublade. Sie konnte sich nicht erinnern, es so zurückgelassen zu haben, und nahm es aus Neugier ganz heraus. Es waren nur ein paar Messer und Schöpfkellen drin, aber als seine Finger den Boden berührten, bemerkte er etwas Seltsames.

Eine Ecke des Holzes schien sich leicht zu lockern, als würde sie etwas verbergen. Teresa bückte sich und schaffte es mit geduldiger Anstrengung, den doppelten Boden anzuheben. Darunter lag ein in dunkles Leder gebundenes Notizbuch. Sie nahm es in die Hand, sein Herz klopfte schneller und ein Gefühl zunehmenden Unbehagens verspürte sie.

Sie setzte sich an den Tisch, schlug das Tagebuch auf und entdeckte Seiten voller Notizen. Zuerst dachte sie, es seien einfache Rezepte, aber je mehr sie las, desto mehr verwandelte sich sein Gesicht in eine Maske des Entsetzens. Lorenzo hatte jedes Verschwinden, jedes Opfer detailliert beschrieben. Ihre Namen, ihre Eigenschaften, sogar die Gerichte, die er aus Teilen davon zubereitet hatte. Jede Seite war von einer unheimlichen Kälte und einer Obsession für „kulinarische Perfektion" durchdrungen.

Als sie die letzte geschriebene Seite erreichte, war Teresa außer Atem. Lorenzo hatte von einem unvollständigen Menü und einem „letzten Gang" gesprochen, der seine Arbeit weihen würde.

Geschockt beschloss sie, ihn zur Rede zu stellen. Vielleicht, dachte sie, gab es noch eine Möglichkeit, diesen Jungen, den er seit seiner Kindheit kannte, zu retten. Sie konnte nicht glauben, dass der umgängliche und brillante junge Mann zu solchen Gräueltaten fähig war.

Lorenzo war in seinem Zimmer, in Gedanken versunken, als er ein Klopfen an der Tür hörte. Teresas Stimme rief ihn mit festem Ton: „Lorenzo, ich muss mit dir reden. Es ist dringend."

Mit einem überraschten Gesichtsausdruck öffnete der junge Mann die Tür und bemerkte das Tagebuch, das Teresa dicht an ihre Brust hielt. In seinem Kopf herrschte sofort Alarm.

„Was hast du gefunden?" fragte er und bewahrte scheinbar Ruhe.

„Das", sagte Teresa und hielt das Tagebuch hoch. „Ich habe es in der Küche gefunden. Lorenzo, sag mir, dass es nicht wahr ist. Sag mir, dass du nicht derjenige bist, der das alles getan hat."

Lorenzo schwieg einen Moment lang, sein Gesicht war ausdruckslos. Dann näherte er sich langsam, schob Teresa hinein und schloss die Tür hinter sich.

„Teresa", sagte er in eisigem Ton. „Du hast etwas gelesen, was du nicht lesen solltest."

„Du kannst so nicht weitermachen", flehte sie und trat einen Schritt zurück. „Du bist noch jung, du kannst aufhören. Wir können eine Lösung finden, wir können dir helfen."

Aber Lorenzo antwortete nicht. Seine Augen hatten sich in zwei schwarze Gruben verwandelt, ohne jede Emotion. Mit einer schnellen Bewegung schnappte er sich ein Messer, das er in seinem Zimmer versteckt hatte.

„Es tut mir leid, Teresa", sagte er rundheraus. „Aber du wirst jetzt Teil des Menüs sein."

Teresa versuchte zu fliehen, aber Lorenzo war schneller. Er packte sie heftig und schlug sie mit chirurgischer Präzision tödlich. Sein Gesicht zeigte kein Zögern, keine Reue. Als alles vorbei war, lag Teresas Körper leblos auf dem Boden ihres Zimmers.

Lorenzo beugte sich über von Teresas bewegungslosem Körper, sein Atem wurde immer noch durch das Adrenalin der Tat, die er gerade vollbracht hatte, beschleunigt. Das Messer, das sie benutzt hatte, lag neben ihr auf dem Boden und glitzerte im schwachen Licht ihres Zimmers. Für einen Moment huschte ein vager Anflug von Reue über seine Augen, der jedoch schnell verblasste und von seiner Besessenheit verschluckt wurde.

Perfektion. Es war immer da gewesen, eine Idee, die ihn anrief, aber noch nie so nah wie in diesem Moment.

Er stand auf, sein Gesicht verwandelte sich in eine Maske absoluter Konzentration. Behutsam, fast ehrfürchtig, nahm er Teresas Körper und legte ihn auf den großen Küchentisch in der Mitte. Derselbe Tisch, an dem er Brot geknetet und Saucen zubereitet und jedes Gericht in ein Meisterwerk verwandelt hatte. An diesem Tisch sollte nun sein letzter Akte stattfinden.

Lorenzo begann mit chirurgischer Präzision zu arbeiten, sein Herz schlug einen langsamen und gleichmäßigen Rhythmus. Er schnitt, sezierte, selektierte mit obsessiver Sorgfalt. Jede Bewegung war von einer seltsamen Form des Respekts erfüllt, als wäre Teresa Teil eines heiligen Rituals. Es war weder

Wut noch Hass, die er empfand. Es war pure Hingabe an seine Kunst.

Die Stunden vergingen. Die Küche war von einer unnatürlichen Stille umgeben, die nur durch das Geräusch von Messern und das Knistern des Feuers unterbrochen wurde. Lorenzo hatte ein komplettes Menü kreiert, ein letztes Meisterwerk. Jedes Gericht erzählte eine Geschichte, jeder Geschmack erinnerte an seine Opfer, an deren Essenz.

Im Mittelpunkt des Banketts steht das letzte Gericht. Ein Kunstwerk aus Farben, Formen und Düften, alles rund um Teresas „Beitrag" aufgebaut. Lorenzo saß allein im großen Speisesaal der Villa, der Tisch vor ihm gedeckt wie ein Tempel, der seiner Obsession gewidmet war.

Er nahm den ersten Bissen des letzten Gerichts, schloss die Augen und ließ die Aromen in seinem Mund explodieren. Es war, als ob jede Erfahrung, jedes Opfer, jedes Verbrechen in diesem Moment verschmolzen wäre. Er spürte, wie ihn eine seltsame Euphorie überkam, ein Gefühl der Vollständigkeit, das er nie gekannt hatte.

„Perfekt", flüsterte er, ihr Lächeln grenzte an Ekstase. „Jetzt verstehe ich. Es gibt keine Kunst ohne Opfer."

Während Lorenzo seinen jüngsten Triumph genoss, verdichteten sich die Schatten der Vergangenheit um ihn. Das Tagebuch, das Teresa gefunden hatte, und das

Echo ihrer Taten begannen außerhalb der Mauern der Villa zu hallen. Jeder Schritt, der ihn zur „Perfektion" geführt hatte, hinterließ Spuren, und die Menschen um ihn herum begannen zu misstrauen. Aber für Lorenzo war in diesem Moment alles egal. Er hatte den Höhepunkt seiner Besessenheit, den Höhepunkt seines Wahnsinns erreicht. Und das war für ihn genug.

Ein neuer Anfang

Villa Bardi war in Stille versunken, als die Polizei mit der Heftigkeit eines Sommersturms hereinstürmte. Das schwache Licht der Fackeln beleuchtete die angespannten Gesichter der Agenten, als sie jeden Raum auf der Suche nach dem Mann durchsuchten, der Florenz mit seinen abscheulichen Verbrechen terrorisiert hatte. Aber Lorenzo war nicht da.

Wenige Stunden zuvor war Viani, ihr vermutlicher Vater, zur Polizeistation gegangen. Mit einer von Müdigkeit und der Last der Wahrheit gebrochenen Stimme hatte er alles erzählt. Er hatte die Einzelheiten des Verschwindens beschrieben, die Perversion, die Lorenzo beseelte, und seinen zwanghaften Glauben, kulinarische Perfektion durch das Blut und Fleisch seiner Opfer zu erreichen. Als die Agenten jedoch loszogen, um Lorenzo festzunehmen, schien der junge Mann bereits in Luft aufgelöst zu sein.

Lorenzo saß auf dem Rücksitz einer Kutsche, die unter dem Sternenhimmel durch die toskanische Landschaft fuhr. Neben ihm führte Marco, sein engster Freund und bewusster Komplize, die Pferde mit einer Entschlossenheit, die seine Besorgnis verriet.

„Ich kann nicht glauben, dass das passiert", sagte Marco und behielt die Straße vor ihnen im Auge. „Du warst für mich immer wie ein Bruder, Lorenzo, aber ich kann nicht länger so tun, als wüsste ich es nicht. Ich habe die Stimmen gehört. Ich habe verstanden, was du getan hast."

Lorenzo, der im Schatten saß, blickte mit teilnahmsloser Miene aus dem Fenster. „Es ist nicht so einfach, wie du denkst, Marco. Alles, was ich tat, jede Entscheidung, jedes Opfer, diente einem größeren Ideal. Etwas zu erschaffen, das sich noch niemand auszudenken gewagt hatte."

„Das rechtfertigt nicht, was du getan hast", erwiderte Marco mit gebrochener Stimme. „Aber ich kann dich nicht den Händen der Polizei überlassen. Nicht jetzt. Ich werde dich weit wegbringen, aber später... werden sich unsere Wege trennen."

Lorenzo antwortete nicht, sondern starrte nur zum Horizont. Er wusste, dass Marco seine Vision nie ganz verstehen würde, aber er wusste die Geste zu schätzen.

Die Kutsche erreichte kurz vor Tagesanbruch einen kleinen Flusshafen. Marco hatte bereits alles organisiert. Ein Boot würde nach Genua fahren, von wo aus Lorenzo ein Schiff nach Frankreich besteigen könnte.

„Wir sind da", sagte Marco und stoppte die Pferde. Er sah Lorenzo mit einer Mischung aus Wut und

Melancholie an. „Ich möchte nie wieder etwas von dir hören, Lorenzo. Aber... ich hoffe, du kannst etwas finden, um diesem Wahnsinn ein Ende zu setzen."

Lorenzo stieg aus der Kutsche, in der einen Hand sein leichtes Gepäck und in der anderen das Tagebuch, das die Geheimnisse seiner Kreationen enthielt. Er drehte sich zu Marco um, sein Gesicht im Schatten verborgen. „Ich werde nicht vergessen, was du für mich getan hast. Und eines Tages werden Sie vielleicht verstehen, was ich erreichen wollte."

Marco antwortete nicht. Er gab seinen Pferden die Sporen, ging davon und ließ Lorenzo allein am Ufer zurück.

Einige Monate später begann in Paris ein junger italienischer Koch in den exklusivsten gastronomischen Kreisen auf sich aufmerksam zu machen. Sein Talent war unbestritten und seine Gerichte riefen tiefe und gegensätzliche Gefühle hervor. Es gab Gerüchte über ein Restaurant, das in der Nähe von Montmartre eröffnet werden sollte und in dem jeder Bissen ein einzigartiges, unwiederholbares Erlebnis zu werden versprach.

Lorenzo, mit neuem Namen und neuer Identität, beobachtete die Stadt aus den Fenstern seiner kleinen Wohnung. Auf den Straßen wimmelte es von Leben, von Versprechungen, von Neuanfängen.

Mit einem rätselhaften Lächeln wandte er sich dem Küchentisch zu, wo sein Tagebuch offen lag. „Paris", murmelte er. „Die Stadt des Lichts. Hier werde ich weiterhin der Perfektion dienen."

Er schloss das Tagebuch und machte sich an die Arbeit, seine Gedanken wandten sich bereits seinem nächsten Meisterwerk zu. Vor ihm der Körper einer jungen Frau. Für Lorenzo hatte die neue Reise gerade erst begonnen.